西川

著

唐詩的讀法

人民文學出版社

增訂版

图书在版编目(CIP)数据

唐诗的读法 / 西川著. -- 增订版. -- 北京：人民文学出版社，2024.
ISBN 978-7-02-018985-4

Ⅰ．Ⅰ207.22
中国国家版本馆 CIP 数据核字第 2024GU1541 号

责任编辑　董　虹
责任印制　张　娜

出版发行　人民文学出版社
社　　址　北京市朝内大街 166 号
邮政编码　100705

印　　刷　三河市中晟雅豪印务有限公司
经　　销　全国新华书店等

字　　数　113 千字
开　　本　850 毫米×1168 毫米　1/32
印　　张　10
印　　数　1—10000
版　　次　2024 年 11 月北京第 1 版
印　　次　2024 年 11 月第 1 次印刷

书　　号　978-7-02-018985-4
定　　价　65.00 元

如有印装质量问题,请与本社图书销售中心调换。电话:010-65233595

本书不是对唐诗的全面论述,而是针对当代唐诗阅读中存在的种种问题,从一个写作者的角度给出看法,同时希望为新诗写作和阅读提供参考。

目　录

小引／Ⅰ

壹　《全唐诗》｜随身卷子｜进士文化．．．．．．．．．．．．．．1
贰　和尚们的偈颂与非主流诗歌创作．．．．．．．．．．．．．47
叁　安史之乱｜儒家道统｜杜甫和韩愈．．．．．．．．．．．．73
肆　唐人的写作现场｜诗人之间的关系．．．．．．．．．．．．97
伍　晚唐诗｜李渔的说法｜窝囊，别扭的写作．．．．．．．123
陆　以古人对唐人写作的总体描述作为不是小结的小结．．143

附录一　书写时代的唐代诗人．．．．．．．．．．．．．．．149
附录二　杜甫的形象．．．．．．．．．．．．．．．．．．．191
附录三　石鼓｜石鼓文｜石鼓歌．．．．．．．．．．．．．．227
附录四　答刘净植问：我接唐朝的地气儿．．．．．．．．．245
附录五　本书所涉部分唐代诗篇．．．．．．．．．．．．．．269

小 引

南宋辛弃疾《西江月·遣兴》词中句："近来始觉古人书，信着全无是处。"该词句化用的是《孟子·尽心下》中著名的说法："尽信《书》则不如无《书》。"孟子表达出一种"今人"面对"当下"时超拔前人，不完全以前人怎么说为标准的实践态度，尽管儒家一般说来是法先王、向回看的。孟子和辛弃疾所言均非写作之事，其意，更在面对历史和现实秉道持行，挺出我在，但我们可以将他们的说法引申至写作以及与写作直接相关的阅读上来。不论孟子还是辛弃疾，都是在越过一道很高的生命、经验、文化、政治门槛之后，忽然就呼应了东汉王充在《论衡·问孔》篇中所发出的豪言："夫古人之才，今人之才也。"而对王充更直接的呼应来自唐代的孟郊。韩愈《孟生诗》说孟郊："尝读古人书，谓言古犹今。"演绎一下王充和孟郊的想法就是：古人并非高不可攀；我们从当下出发，只要能够进入前人的生死场，就会发现前人的政治生活、历史生活、道德麻烦、文化难题、创造的可能性，与今人的状况其实差不了多少；古人也是生活在他们的当代社会、历史逻辑之中；而从古人那里再返回当下，我们在讨论当下问题时便会有豁然开朗的感觉。王充、孟郊等都是要让自己与古人共处同一生存水平，意图活出自己的时代之命来。

古人在各方面都立下了标准和规矩，这就是历史悠久的民族所必须承负的文化之重。

我们今天所说的"传统"，实际上就是历史上各种定义、习惯、标准、规矩和价值观的总和。但当我们要活出自己的时代之命来时，"传统"的大脸有时就会拉长。为了不让这张大脸拉得太长，并且能够从这张大脸上认出我们自己，理解古人和理解我们自己就得同时进行。"古今问题"一向是中国政治、文化的大问题，到近代，它与"东西问题"共同构筑起我们的上下四方。

采用何种态度阅读古文学，这个问题我们不面对也得面对：你究竟是把古人供起来读，还是努力把自己当作古人的同代人来读？这两种态度会导致不同的阅读方法，指向不同的发现。那么今天的写作者会向古人处寻找什么呢？而把古人供起来读，一般说来——仅从文化意义而不是安身立命、道德与政治意义上讲——则是以面对永恒的态度来面对古人作品，希冀自己获得熏陶与滋养。其目的，要么是为了在没有文言文、经史子集、进士文化作为背景的条件下，照样能够与古人游，照样能够依样画葫芦地写两首古体诗以抒或俗或雅之情，要么是为了向别人显摆修养，表现为出口成章，挥洒古诗秀句如家常便饭，在讲话写文章时能够以"古人云"画龙点睛，以确立锦心绣口的形象——这通常叫作"有文采"，事关威信与风度或者文雅的生活品质。不过，为此两种目的模仿或挪用古人者，都离李贺所说的"寻章摘句老雕虫"不远（我当然知道"章句之儒"的本来含义）。往好了说，这些人通过背诵和使用古诗词得以获得全球化时代、社会主义市场经济环境中的文化身份感，并以所获身份面对民主化、自由、发展、娱乐与生态问题。这当然也是不错的。我本人天生乐于从古诗词获得修养，但实话说，有时又没有那么在乎。我个人寄望自古人处获得的最主要的东西，其实是创造的秘密，即"古人为什么这样做"。

一说到唐诗，一提到王维、李白、杜甫、韩愈、白居易、李贺、李商隐、杜牧这些诗人，一连串的问题就会自然形成：唐人怎样写诗？是否如我们这样写？为什么好诗人集中在唐代？唐代诗人、读者、评论家的诗歌标准与今人相异还是相同？唐代的非主流诗人如何工作？唐人写诗跟他们的生活方式之间是什么关系？他们如何处理他们的时代？……值得讨论的问题太多了，不是仅慨叹一下唐诗伟大，在必要的时候拿唐诗来打人就算完了。以现代汉语普通话的发音来阅读以中古音写就的唐诗，这本身就有令人不安之处，但撇开音韵问题，自以为是地看出、分析出唐诗的立意之高、用语之妙，依然不能满足我们对于唐诗生产的种种好奇。《孟子·万章下》曰："颂其诗，读其书，不知其人，可乎？是以论其世也，是尚友也。"

壹 《全唐诗》—随身卷子—进士文化

唐代诗人如何获得创造力，这对于特别需要创造力的今人来讲格外重要。一旦古人在你眼中变成活人，而不再是死人，一旦古人的书写不再只是知识，不再是需要被供起来的东西，不再神圣化，你就会在阅读和想象中获得别样的感受。在社会已不复以文言文作为书写语言的今天，在外国文学、哲学、社会科学著作被大量译介的今天，我们实际上已经把唐诗封入了神龛。

那么我们是怎样把唐诗封入神龛的呢？说来有趣，竟是通过大规模缩小对唐人的阅读！——显然太大体量的唐诗我们无力抬起。今天我们每个人（不包括大学、研究所里专门吃唐诗研究这碗饭的人）说起唐诗，差不多说的都是《唐诗三百首》（外加几个唐代诗人的个人诗集），不是《全唐诗》；而《全唐诗》，按照康熙皇帝《全唐诗》序所言，共"得诗四万八千九百余首，凡二千二百余人"。日本学者平冈武夫为编《唐代的诗人》和《唐代的诗篇》两书,将《全唐诗》所收诗人、作品逐一编号做出统计,其结论是:该书共收诗四万九千四百零三首,句一千五百五十五条,作者共二千八百七十三人。但这依然不是今天我们所知的全部唐诗和全体唐代诗人的准确数字。若较真儿的话,当然应该再加上今人陈尚君辑校的《全唐诗补编》,再增加诗六千三百二十七首,句一千五百零五条。

在湖南洞庭湖区湘水和沩水交汇处的石渚(古地名,位于今长沙丁字镇)一带有一个唐代窑址。陶瓷学界因这个窑址地近长沙而称之为"长沙窑"(也有人称之为"铜官窑",以其亦近铜官之故)。人们在这个窑址发现了大量中唐以后的陶、瓷器。在已知瓷器的器身上书有一百余首唐代诗歌,其中只有十首见于《全唐诗》。这些诗歌肯定多为工匠或者底层文人所作,内容涉及闺情、风情、开悟、道德、饮酒、边塞、游戏等。例如:

夜浅何须唤,房门先自开。
知他人睡着,奴自禁声来。

君生我未生,我生君以(已)老。
君恨我生迟,我恨君生早。

小水通大河，山深鸟宿多。
主人看客好，曲路亦相过。

客来莫直入，直入主人嗔。
打门三五下，自有出来人。*

这些诗一方面很可爱（其口语的使用令人联想到"语糙理不糙"的王梵志、寒山的诗歌；而《全唐诗》也并未收入王梵志的诗歌），另一方面比今人的顺口溜、打油诗也高明不了多少。不过这却是唐诗生产的社会文化基础，这是诗歌无处不在的日常生活的唐朝。这里，我们可以将留存至今的唐诗约略的数量与唐代的人口联系起来看，因为唐诗生产的规模、质量与唐代人口之间的比例关系，可以被拿来映照、检讨我们今天的写作与人口状况之间的关系。遗憾我手头没有唐代将近三百年的总人口数，但我们知道安史之乱前的754年，也就是唐

---

* 材料见周世荣《唐风胡韵长沙窑》，载《收藏》杂志2010年第2期，总206期。李知宴《唐代陶瓷的艺术瑰宝长沙窑》、覃小惕《文人参与的唐代长沙窑彩绘瓷》，载《收藏》杂志2011年第5期，总221期。

唐长沙窑诗文执壶
右图：君生我未生；左图：小水通大河

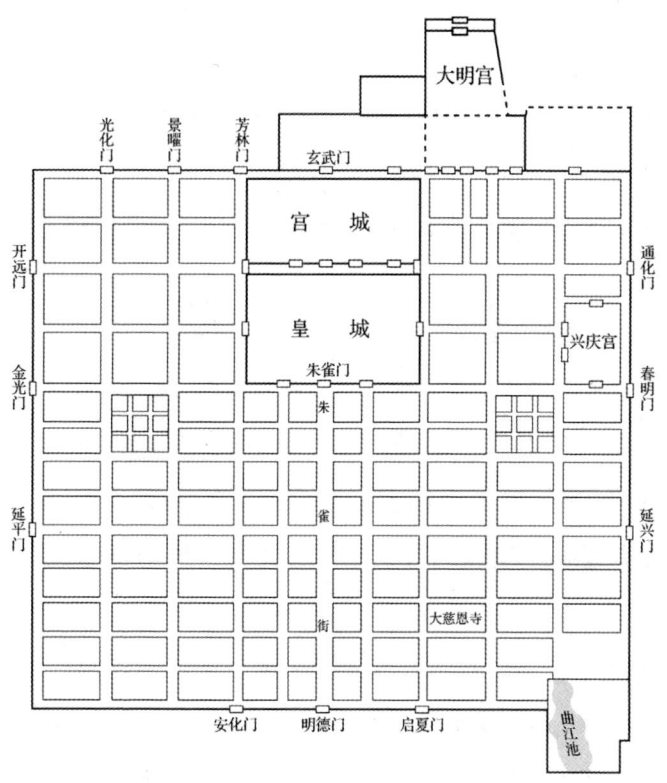

唐长安城

代最辉煌的时期，它的在册人口在五千三百万左右。755年安史之乱，到764年在册人口降至一千七百万左右（大量迁移人口不在这个数字中，可能占到总人口的三分之二）。807年在册人口不到一千二百五十万（凤翔等十五道不申户口，总人口较天宝年间减四分之三）。839年在册人口两千五百万左右[*]。那么，从唐人在将近三百年的时间中创作的五六万首诗中（还不算亡佚了的）选出三百余首，这是个什么含义？

如果你有耐心通读《全唐诗》，或者约略浏览一下，你会发现唐代的作者们也不是都写得那么好，也有平庸之作。例如号称"孤篇压全唐"的《春江花月夜》的作者张若虚，见于《全唐诗》的作品还有一首名为《代答闺梦还》，写得稀松平常，简直像另一个人所作。李白的《答王十二寒夜独酌有怀》，元朝人萧士赟认为它写得松松垮垮，甚至怀疑这是伪作。问题是，元代还有人敢于批评唐诗（明清诗话里对唐诗又推崇又挑鼻子挑眼的地方更多），但今天的我们都不敢了，因为我们与唐朝人并不处在同样的语言、文化行为和政治道德的上下文中。

---

[*] 据翦伯赞主编《中外历史年表》所载户口数乘五推算得出，中华书局，1961年，页302，307，320，329。

纵观《全唐诗》，其中百分之七十的诗都是应酬之作（中唐以后诗歌唱和成为文人中的一种风气）。读《全唐诗》可以读到整个唐代的社会状况、文化行进状况、唐人感受世界的角度和方法、唐人的人生兴趣点和他们所回避的东西。这其中有高峰有低谷，有平面有坑洼，而读《唐诗三百首》你只会领悟唐诗那没有阴影的伟大。《唐诗三百首》是18世纪清朝人的选本，编者蘅塘退士与唐代隔着明、元、两宋，甚至北宋之前的五代，他本基于对《千家诗》所收唐宋诗人作品的不满而为发蒙儿童编选出此书。蘅塘退士《唐诗三百首》原序云：

> 世俗儿童就学，即授《千家诗》，取其易于成诵，故流传不废。但其诗随手掇拾，工拙莫辨，且止五七律绝二体，而唐宋人又杂出其间，殊乖体制。因专就唐诗中脍炙人口之作，择其尤要者，每体得数十首，共三百余首，录成一编，为家塾课本。俾童而习之，白首亦莫能废，较《千家诗》不远胜耶？谚云："熟读唐诗三百首，不会吟诗也会吟。"请以是编验之。

《唐诗三百首》编得相当成功：一个诗选本，居然成了一本独立的名著。但如果我们拿《唐诗三百首》作为讨论唐诗的标准材料，其结果：第一，我们是以清中期的审美标准作为我们当下的审美标准；第二，这也相当于我们以当下中学语文课本所选文章作为讨论文学的标准。谬之至也。

写诗是唐朝文化人的生活方式。既然如此，彼时作诗者肯定就不仅仅是几个天才。比如说唐朝人怎么一赴宴就要写诗？一送别就要写诗？一游览就要写诗？一高升或一贬官就要写诗？他们哪儿来的那么多灵感？一个人不可能有那么多灵感！作为诗人—作家—官员——隐士也一样——你不会总是灵感在心的；当你赴宴或送别或在春天三月参加修禊活动时，在没有灵感的情况下，你写什么？你怎么写下第一句？好在唐人写诗的技术性秘密到今天还是可以查到的。而秘密一旦被发现，我们就会对唐人作诗产生"原来如此"的感觉。

据唐时日本学问僧、日本佛教真言宗的开山祖师弘法大师（此为大师圆寂后所获天皇谥号，其生前法号为遍照金刚，又称空海法师）《文镜秘府论·南卷》中"论文意"篇讲："凡作诗之人，皆自抄古今诗语精妙之处，名为随身卷子，以防苦思。作文兴若不来，即须看随身卷子，以发兴也。"同书又引名为《九意》的随身卷子为例：《九意》者，"一春意；二夏意；三秋意；四冬意；

五山意；六水意；七雪意；八雨意；九风意。""春意"条下有一百二十句，如"云生似盖，雾起似烟，垂松万岁，卧柏千年，罗云出岫，绮雾张天，红桃绣苑……""秋意"条下有一百四十四句，如"花飞木悴，叶落条空，秋天秋夜，秋月秋蓬，秋池秋雁，秋渚秋鸿，朝云漠漠，夕雨蒙蒙……"这样的写作参考书其实已经规定了诗歌写作在唐朝，是一种类型化的写作，从题材到意蕴都是类型化的，与今天的、现代的、个性化的写作极其不同。古人诗歌写作的类型化特征与传统绘画，以及寺院佛造像、戏曲等的类型化特点基本相通。这大概也是中国古代艺术的核心特征。宋朝郭若虚《图画见闻志》卷一"叙制作楷模"一节，对画人物者、画林木者、画山石者、画畜兽者、画龙者、画水者、画屋木者、画翎毛者等，都有从内容到形式到品位的明确要求。这就是一个例证。

那么回到诗歌的话题上，我们现在所知当时的这类写作参考书有：元兢《古今诗人秀句》二卷、黄滔《泉山秀句集》三十卷、王起《文场秀句》一卷等[*]。呵呵，

---

[*] 据张国风著《传统的困窘——中国古典诗歌的本体论诠释》，商务印书馆，1999年，页215-216。

空海弟子真如亲王绘弘法大师画像

弘法大师墨迹《风信帖》（局部）

今天的诗人们靠写作参考书是没法在诗坛上混的！换句话说，唐代资质平平的诗人们要是活在今天，可能于以现代汉语写作抒怀只能干瞪眼。不仅今人到古代难混，古人在今天也难混。

写诗当然不仅仅是抒怀和简单的套路化的书写动作，它后面还牵涉到太多的历史、制度、文化风气等因素。我一向认为一个时代的写作与同时代其他领域的艺术成就不会相差太远。它们之间会相互牵引，相互借鉴，构成一个总体的文化场。所以诗歌在唐代也不是一枝独秀。苏轼在《书吴道子画后》一文中说：

> 知者创物，能者述焉，非一人而成也。君子之于学，百工之于技，自三代历汉至唐而备矣。故诗至于杜子美，文至于韩退之，书至于颜鲁公，画至于吴道子，而古今之变，天下之能事毕矣。

这里，苏轼还没有提到唐代的音乐、舞蹈、工艺美术、习俗、娱乐方式、长安城的国际化、佛经翻译、教育制度、思想界的状况、皇室的艺术趣味等等。我们在此也是姑且只讨论一下诗歌书写。在我看来，诗歌书写牵涉到一整套写作制度。时常有人（例如季羡林、夏志

传吴道子《送子天王图》（局部）

清等）站在古诗的立场上批评新诗，那其实都是极片面之语。在唐朝，诗歌写作是跟整个政治、教育、官员选拔制度捆绑在一起的。

这里必须说到唐朝的科举考试。关于这个问题的历史资料并不难查到，网络上、各种论述唐代文化史的著作中都有。傅璇琮先生专门著有《唐代科举与文学》一书。但是为了行文的完整，我还是简略交代一下：科举考试制度始于隋代，它是对曹魏时代以来九品中正制和豪门政治的平衡进而替代。唐代科举考试就其类别而言分贡举、制举和武举。武举创始于武则天时期，在唐代并不经常举行。皇帝不定期特诏举行的专科考试，叫制举。通常我们所说的科举考试，主要是指贡举：士子诸生从京师和州县的学校（国子监六学，弘文、崇文二馆及府州县学）出来，参加尚书省考试的叫生徒；没有学校出身，先在州县通过考试的人也可以到尚书省应试，他们被称作贡士，或乡贡士。唐代一年一度的贡举考试一开始分明经、明法、明算、明字、进士、秀才等许多科，后来简约为明经和进士两科。傅璇琮以为，唐初科举止"试策"；进士科在 8 世纪初开始采用考试诗赋的方式，到天宝时以诗赋取士成为固定格局。又有学者根据出土墓志，将"杂文全用诗赋"的时间最早推至唐高宗永隆二年（681年）"制试杂文"稍后[*]。进士科的考试内容为"贴经"（考儒家经典）、"杂文"（考诗赋）、"时务策"（考时政对策）。与进士科考试配合的有一个"行卷制度"，就是在考试之前，你得拜访公卿硕儒和掌握考试大权的人，递上你的诗赋，以期他们能对你有个好印象，这有利于你在考试中拿到好名次。

唐代的科举阅卷方式与宋代不同，唐代的试卷不封名，而宋代封名。所以在唐代，以诗赋谒公卿是一件重要的事。每年全国进士科考生一两千人，能考上的只有二三十人。"三十老明经，五十少进士"的说法是唐代通过进士科考试之难的真实写照。其困难程度恐怕要远远超过今天的公务员考试。唐代官制是恩荫系统与科举系统并存的。前者是贵族政治的产物，后者则成为普通士子们的主流晋升之途。士子进士及第后还得通过尚书省下吏部的考试，其内容包括：身（体格）、言（谈吐）、书（楷书书法）、判（写判决书），通过了才取得做官的资格。而做官，到庙堂里坐一坐，对古代的诗人们并不是可有可无之事。清代那个讲究"性灵"、崇尚情趣与韵

---

[*] 据贾丹丹《论"诗赋取士"之前唐初科举与诗歌的关系》，载《西南大学学报》（社会科学版）2009年7月号，总第35卷第4期。

味、看来相当自以为是的袁枚,在赞成文人做官这件事上一点儿不含糊,这不同于当今喜欢区分官方、民间的有思想和独立精神的文人们的看法。袁枚《随园诗话》卷四言:

> 诗虽贵淡雅,亦不可有乡野气。何也?古之应、刘、鲍、谢、李、杜、韩、苏,皆有官职,非村野之人。盖士君子读破万卷,又必须登庙堂,览山川,结交海内名流,然后气局见解,自然阔大;良友琢磨,自然精进。

据学者统计,北宋王安石编《唐百家诗选》中近百分之九十的诗人参加过科举考试,进士及第者六十二人,占入选诗人总数的百分之七十二。而《唐诗三百首》中入选诗人七十七位,进士出身者四十六人。这里必须说明的一点是:诗人们的进士出身与诗人们应试时具体写出的诗歌应该分开来看。事实上,许多进士及第者的应试诗写得虽然中规中矩,但却并没能反映出作者们真正的诗歌才华。韩愈曾在《答崔立之书》中自揭其短:"退自取所试读之,乃类于俳优者之辞,颜忸怩而心不宁者数月。"明末清初顾炎武在《日知录》卷二十一中说:

"唐人以诗取士，始有命题分韵之法，而诗学衰矣！"顾炎武的楷模是《诗经》和《古诗十九首》，但其判断显然有误。此一判断无法解释唐、宋诗中伟大的篇章。今人也有命题作文，但没有人真把命题作文当回事。真正的写作有其自身的动机和依凭。客观上说，唐代以诗赋取士还是促进了社会对诗歌写作的重视，使得诗歌写作成为进士文化的重要组成部分。我们今天许多高唱传统文化的人其实高唱的是由历代进士们和梦想成为进士的学子们共同搭建起来的进士文化。这也就是隋以后或者更主要是唐以后的精英文化。我指出这一点的意思是，在很多寻章摘句者的心里，先秦、两汉、六朝的文学成就其实是模模糊糊地存在着的。或者说，许多人不能区分唐宋之变以前和唐宋之变以后的颇为不同的中国文学。

对今天的许多人来讲，所谓古典情怀，其实只是容纳小桥流水、暮鸦归林的进士情怀。人们想当然地认为自己属于这个进士文化传统，人们甚至在潜意识里自动将自己归入古代进士的行列，而不会劳心设想自己在古代有可能屡试屡败，名落孙山，命运甚至比一中举就疯掉的范进还不如，或者根本没有资格参加科举考试（例如女士们）。这种相信明天会更好的乐观主义、相信昨天也更好的悲观主义，有一个共同的基础，那就是无

日本國僧圓珎等染人往天
台五臺山尋往上都巡礼行
將在子細勘過狀月捻悻
日福建都團練右押衙兇
左廂都虞候林坷牒

唐代普通官员书法

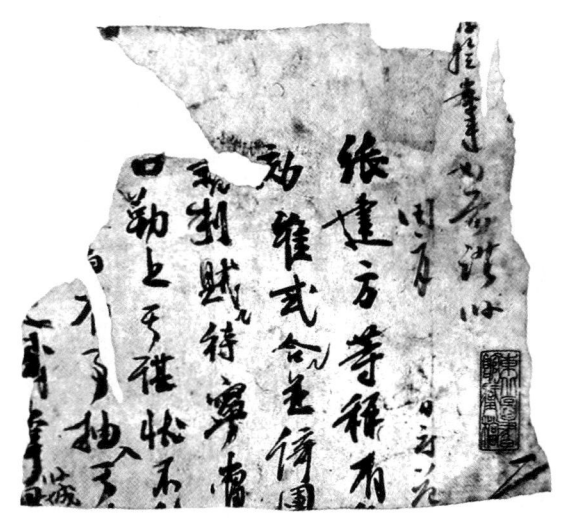

唐开元年间档案（局部）

知——对古人生活的无知，对当代生活的无知和对自己的无知。这让人说什么好呢！——有点走题了。回归严肃的进士文化话题。进士文化，包括广义的士子文化，在古代当然是很强大的。进士们掌握着道德实践与裁判的权力，审美创造与品鉴的权力，知识传承与忧愁抒发的权力，勾心斗角与政治运作的权力，同情、盘剥百姓与赈济苍生的权力，制造舆论和历史书写的权力。你要想名垂青史就不能得罪那些博学儒雅但有时也可以狠叨叨的、诬人不上税的进士们。在这方面一个很好的例子出在唐太宗朝官至右丞相的大官僚、大画家、《步辇图》和《历代帝王图》的作者阎立本身上。唐代张彦远《历代名画记》卷第九载："（立本）及为右相，与左相姜恪对掌枢务，恪曾立边功，立本唯善丹青。时人谓《千字文》语曰：'左相宣威沙漠，右相驰誉丹青。'言并非宰相器。"类似的叙事亦见唐人刘肃的《大唐新语》。张彦远这里所说的"时人"系指当时的士子们。阎立本曾于唐高宗总章二年（669年）以关中饥荒为由放归了国子监的学生们。其背后的原因是：唐初朝廷曾因人才匮乏命国子监学生"明一大经"（《礼记》《左传》为大经）即可补官，但到总章年间已授官过多，而这些官员虽通先师遗训却不长于行政与账目管理，可阎立本又得仰仗中下层文吏来办事，不得不对文吏们有所倾斜。这下就得罪了士子们。此事虽与科举考试无直接关系，但我们在这里可以看到士子舆论的强大，它甚至能影响到历史的书写。士子们是要参加科举考试的，而阎立本本人，作为贵族，不是通过科举考试而是走恩荫之途坐上的官位，这恐怕也是阎立本的麻烦所在。士子进士们常自诩"天之降大任"，是不会"以吏为师"的。本文开头提到过的王充虽为东汉人，但其对比儒、吏的言论定为唐代士子们所欢呼。《论衡·效力》篇云："文吏以理事为力，而儒生以学问为力。"《程材》篇云："牛刀可以割鸡，鸡刀难以屠牛……儒生能为文吏之事，文吏不能立儒生之学。"所以读圣贤书的士子们埋汰阎立本。对此张彦远评论道："至于驰誉丹青，才多辅佐，以阎之才识，亦谓厚诬。"唐代玄宗朝还有一个"口蜜腹剑"、恶名永垂的奸相李林甫，宗室，也不是进士出身，也得罪了士子们。不幸的是，他也是个画家。其父李思诲，画家；伯父李思训更是绘画史上赫赫有名的人物，人称"大李将军"（他曾官至左羽林大将军、右武卫大将军）；而李思训之子、被称作"小李将军"、官至太子中舍的画家李昭道乃其从弟。在《历代名画记》中张彦远说："余曾见其（指李林甫）画迹，甚佳，山水小类李中舍也。"这与北宋欧

唐阎立本《步辇图》

传唐李昭道《明皇幸蜀图》

阳修等合撰的《新唐书·李林甫传》所称"林甫无学术，发言陋鄙，闻者窃笑"之语似有不同。天宝三年（744年）贺知章告老还乡——不仅李白认识贺知章，李林甫也认识贺知章——李林甫作《送贺监归四明应制》诗曰：

> 挂冠知止足，岂独汉疏贤。
> 入道求真侣，辞恩访列仙。
> 睿文含日月，宸翰动云烟。
> 鹤驾吴乡远，遥遥南斗边。

这不是什么好诗，但比进士们的一般作品也差不了太多。唐天宝六年（747年），玄宗诏令制举：通一艺者诣京应试。在这位画艺"甚佳"、被赞誉为"兴中唯白云，身外即丹青"的李林甫的操纵下，竟无一人被录取，还上奏说"野无遗贤"。在那些被李林甫挡住的"遗贤"里，有一位就是咱们的诗圣杜甫。其实这"野无遗贤"的说法出自《尚书·大禹谟》："野无遗贤，万邦咸宁。"——李林甫当然不是文盲，而且有可能真瞧不上应试的士子们。这样，他就狠狠地招惹了士子、进士们，他"奸相"的名头就算定下来了，无可挽回了，彻底完蛋了——他别的恶行姑且不论（例如杖杀北海太守李邕

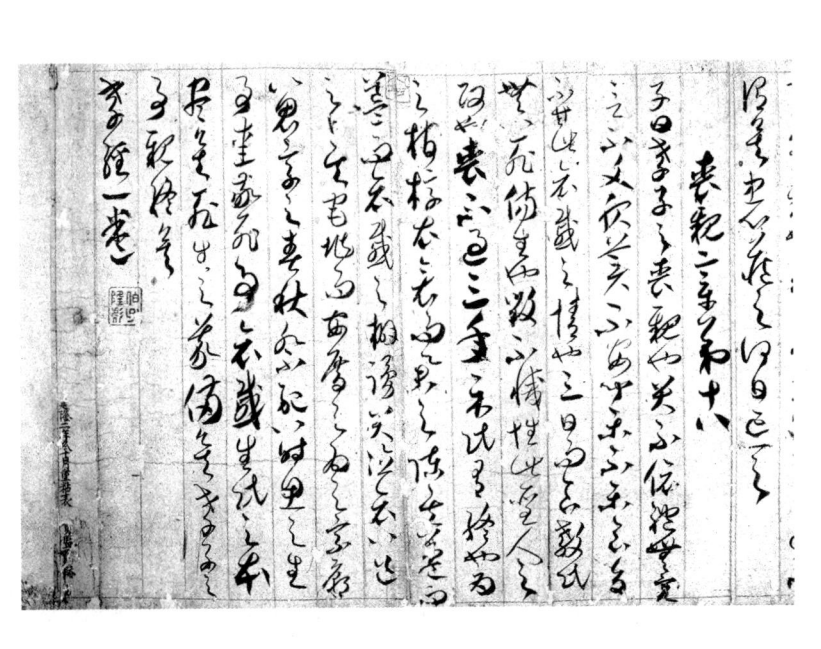

唐贺知章书《孝经》墨迹

和刑部尚书裴敦复)。除了唐朝的宗室贵族对新兴的进士集团心存警惕,源自两晋、北朝崇尚经学、注重礼法的山东旧族对进士集团也持有负面看法,认为后者逞才放浪、浮华无根。这成为中唐以后持续五十年的牛李党争的原因之一。大体说来,牛僧孺的牛党是进士党,李德裕的李党是代表古老价值观的士族党。这是陈寅恪的看法。

但历史总是要前进的。唐以后的中国精英文化实际上就是一套进士文化(宋以后完全变成了进士—官僚文化)。今人中亦有热衷于恢复乡绅文化者,但乡绅文化实属进士文化的下端,跟贵族李林甫、阎立本没什么关系。如果当代诗人们或者普通读者们一门心思要向中国古典情怀看齐,那么大家十有八九是一头扎进了进士情怀——即使你是个农民、下岗职工、打工仔、个体工商户、"屌丝",你也是投入了进士情怀。这样说一下,很多问题就清楚了。丰富的中国古典诗歌在今天是我们的文化遗产,但在它们被写出来、吟出来的时刻它们可不是遗产。它们的作者们自有他们的当代生活。它们跟历史人物、历史事件、时代风尚、历史逻辑之间的关系千丝万缕,我们没有必要为他们梳妆打扮,剪枝去叶。真正进入进士文化在今天并不那么容易:没有对儒家经典、诸子百家、《史记》《汉书》的熟悉，你虽有入列之心却没有智识的台阶可上。古诗用典，客观上就是要将你排除在外的，因为你没有受过训练你就读不懂。你书房、案头若不备几部庞大的类书，你怎么用典，怎么写古体诗啊！而你若写古体诗不用典，你怎么防止你写下的不是顺口溜呢？从这个意义上说，古诗写作中包含了不同于贵族等级制度的智识等级制度。它其实并不主要对公众说话，它是同等学识、相似趣味的士子、进士们之间的私人交流。即使白居易悯农，他也主要是说给元稹、刘禹锡听的，然后再传播给其他读书人，或者皇帝也包括在内。即使没文化的老太太能听懂白居易浅白的诗歌，浅白的白居易也并不真正在乎在老太太们中间获得铁杆粉丝团。他是官僚地主。他在从杭州寄给元稹的诗中自况："上马复呼宾，湖边景气新。管弦三数事，骑从十余人。"自杭州刺史任上离职后他在洛阳营造的宅园占地十七亩。白居易是居高临下的人。他诗歌中的日常有限性、私人叙事性、士大夫趣味、颓靡中的快意、虚无中的豁达，根本不是当代人浅薄的励志正能量贺卡填词。同样，不能因为李白写了通俗如大白话的"床前明月光"（"床"究竟是指睡床，坐床，还是井床？），我们就想当然地以为李白是可以被我们随意拉到身边来的。虽说李白得以被玄宗皇帝召见是走了吴筠、元丹丘、司马承祯、玉真公主这样一条道士捷径，但李白在《古风五十九首》（其一）的结尾处说："我志在删述，垂辉映千春。希圣如有立，绝笔于获麟。"他这里用的是孔夫子以鲁哀公十四年西狩获麟作为《春秋》结束的典故。所以，尽管李白以布衣干公卿，为人飞扬跋扈，但儒家文化依然管理着他，他依然属于进士文化。但这样一个人为什么没有参加进士考试呢？可能的原因是，李白没有资格参加。按照唐朝的取士、选官规定，"工商之家不得预于士"（《大唐六典·户部》），刑家之子也不得参加考试（《新唐书·选举志下》）。李白的家族大概和这些事都沾边。而恰恰是因为李白没有参加科举考试的资格，日本学者小川环树推测在李白的精神里存在一种"劣等感"[*]。如果真是这样，那我们就更加容易理解李白的"飞扬跋扈"：它与进士文化的反作用力有关。"劣等感"和"自大狂"这两种心理联合在一起时，奇迹就会发生！

我想，将这些话讲得明白一点，对于维护中国古典诗歌的尊严，也许不无好处。今人都知道"穿越"这个

---

[*] （日）下定雅弘著《中唐文学研究论集》，蒋寅译，中华书局，2014年，页182。

词,但当你穿越到古代——不仅是唐代——你会发现,古人对诗歌、诗人同行的态度迥然不同于今人。据说柳宗元在收到韩愈寄来的诗后,要先以蔷薇露灌手,然后薰以玉蕤香,然后才展读。古人并不举办我们在今天搞的这种诗歌朗诵会,古人读诗时也不会美声发音,古人也没有电视所以不可能在电视台的演播厅里做配乐诗歌朗诵。古代有"黔首"的概念,但没有"大众"的概念。"大众"的概念是现代政党政治的产物。老百姓或者大众,当然应该被服务,应该被颂扬,其文化要求应该被满足,但古代的进士们没有听说过这么先进的思想,尽管他们懂得"仁者爱人"。很遗憾,除了在清末,进士们与源自西方的"进步"历史观无缘,所以进士诗人们并不以为诗歌可以将他们带向未来。明代以来,他们甚至也不想把诗歌带向哪里,而是乐于被诗歌带向某个地方——家乡、田园、温柔乡、青楼、帝都、山川河流,或者过去的远方如废墟、古战场等等。所谓不把诗歌带向哪里是指:他们不考虑在创造的意义上对诗歌本身进行多大改造。他们不改造诗歌的形式,不发明诗歌的写法,而是进入类似19世纪英国浪漫又有些唯美的诗人约翰·济慈所谓的"消极状态",被一种"零状态"的、永恒的、自然的、农业的诗意以及现成的修辞方式和诗歌

唐开元通宝钱
（钱文为欧阳询所书，上为普品，下为金币）

唐代女鞋

山西芮城唐代五龙庙前屋檐

唐代兽纹砖

盛唐莲瓣星纹瓦当（西川藏）

形式带向某个地方。

那么，明清也有科举制，为什么诗歌繁盛局面不再？

首先，中国古代文学从诗骚到诗赋，到词曲话本，到传奇和小说，有这么一个文体嬗变的过程。唐诗的发生有其历史的必然，唐诗的结束也有其历史的必然——也就是说不可能有第二个满地诗人的唐朝。我们因此也不必患上"回到唐朝焦虑症"。

第二，唐朝接续隋朝，而隋朝在开皇三年（583年）即已开始"劝学行礼""化民善俗"了。唐开国不久，便于武德七年（624年）诏令州县及乡设置学校。唐代的乡村学校并无政府固定供给的经费，主要靠束脩和个人资助，因而受政局兴衰影响不大。即使安史之乱，也没能摧毁乡学系统。* 这保证了唐诗创造的社会教育基础。杜佑《通典》卷十五载唐代"五尺童子，耻不言文墨焉"（这里说的"尺"是古尺）。唐代的最高学府是国子监。还是在唐初的贞观十四年（640年），国子监生徒既达八千余人，其规模相当于1980年北京大学在校学生数。而1980年全中国人口为九个亿。

---

* 据赵文润主编《隋唐文化史》，陕西师范大学出版社，1992年，页369—370。

第三，李唐宗室的父系来自西凉（或许为李初古拔的后裔），不是来自河南或者山西；李唐宗室的母系，按照陈寅恪在《唐代政治史述论稿》中的说法，"皆是胡种"。所以唐朝的社会风气较为开放。妇女在唐代较在其他朝代，享有更大的社会自由度，这对文艺创作、文艺风尚均有好处。朱熹《朱子语类·历代三》云："唐源流出于夷狄，故闺门失礼之事不以为异。"此外，初唐人都有一股子少年英豪之气，有一种别开生面的朝气。

第四，唐代有多位皇帝在写诗方面起到了表率作用。太宗、中宗、玄宗、德宗、宣宗皆有诗才。唐代的宫廷生活中充满了诗歌因素。中宗时君臣同乐的主要内容之一就是进行诗歌比赛。武则天的"巾帼宰相"上官婉儿在中宗朝主持风雅，居然敢于而且能够在沈佺期、宋之问的作品之间，以文学批评的眼光做出优劣判断。还有，白居易过世后，宣宗曾为挽诗以吊之。这都是有名的故事。

第五，唐代有官办的教坊和梨园。舞蹈姑且不论，歌总是需要歌词的，这在某种意义上既推动了诗歌创作，也对诗歌构成了限制。唐诗中有些作品其实是歌词类作品（如李白的"云想衣裳花想容"）。既然是歌词，其语言便必有公共性，其语言密度便不可能过高，其题材便

御書　朕宅帝位十有四載顧惟不德懼于至道任夫難任安夫難安兹朕未知棲履必上下

唐玄宗御书《纪泰山铭》

鶺鴒頌　俯同魏光乘作
朕之兄弟唯有五人此為方伯歲一朝見雖載崇藩屏而有睽談笑是以輟牧人而各守京職每聽政之後延入宮棖申友于

唐玄宗墨迹

不可能过僻。既然歌曲需要被在特定场合演唱，有些歌词就必须具备角色感。在中国古诗中，常见男人发女声，这除了男性作者以男女关系喻君臣关系，可能也与有些诗本就是为女性歌伎的演唱而作有关。另外，西域音乐的传入也影响到人们语言表达的节奏感。中国古代诗与词的密切关系影响到诗也影响到词，这与现代诗跟歌词之间相距甚远的情况相当不同。

第六，写诗成为了一种生活方式。唐人喜欢涂涂写写，在人流密集的名胜、街市、驿站、寺院，都会有为诗兴大发的人们准备好的供题诗用的白墙。后来题的诗太多了，人们又会准备好用于悬挂的"诗板"。这在今天很难想象：今天的人们喜欢胡涂乱抹的内容是"某某到此一游"或者"某某爱某某"。当代中国人已经无文到如此程度，搞得写诗像一件非法勾当。而在唐代，连小流氓身上的刺青也是"诗意图"一类。

第七，南朝的周颙、沈约这些人定"四声"（平上去入）、"八病"（平头、上尾、蜂腰、鹤膝、大韵、小韵、旁纽、正纽），把诗歌的"声律"和"法律"（指体制短小的律诗所需的经济结构）都准备好了。甚至晋宋之际的诗人、书法家、画家、佛经译者、怀有政治野心、好游山玩水的谢灵运，得僧慧睿指教梵文，作《十四音训

唐代胡人歌舞玉带板（藏美国纽约大都会博物馆）

唐宫廷女官着男装像
（日本藏唐代古画摹本）

叙》等，都在客观上为后来唐诗平仄格律的完善做下了准备。没有由佛教进入所带来的对梵文的了解，也就没有对汉语发音声母、韵母的认识，也就无从为诗歌建立格律。在韵脚方面，隋代陆法言记录总结了颜之推、卢思道、薛道衡等八人的审音原则，折中南北音系整理出《切韵》一书，在唐代初年被定为官韵。后来唐人王仁昫加工《切韵》为《刊谬补阙切韵》，其刻本幸亏保存在了敦煌藏经洞中，使我们能在今天仍得一见其样貌。

第八，在文学领域，唐人的写作对手是宋齐梁陈还有隋代的诗人们。初唐陈子昂就意图让写作回到建安风骨。李白在诗中说："自从建安来，绮丽不足珍。"韩愈在诗中说："齐梁及陈隋，众作等蝉噪。"元稹以为宋齐梁陈之诗文"吟写性灵，流连光景""淫艳刻饰，佻巧小碎"（《唐故工部员外郎杜君墓系铭并序》）。唐人哪里瞧得上眼前的前人？回到更古老时代的写作尚可接受。李白与韩愈都有复古倾向。李白不喜沈约尚声律，自称"将复古道，非我而谁与？"（语见晚唐孟启《本事诗》高逸第三）韩愈的复古我们后面再说。写作者与写作对手的关系在讨论文学问题时并非无关紧要，但单纯的、没有足够写作经验的批评家们和古典文学研究者们不理解这一点。写作对手、说话对象的问题也体现在文

唐王仁昫《刊谬补阙切韵》书页

化、思想、政治、宗教写作中。还是王充能够烛幽辨暗，他说："夫贤圣之兴文也，起事不空为，因因不妄作。"（《论衡·对作》篇）我想非贤圣兴文，情况亦当类似。

从今天的角度总体看来，唐人写诗，是充足才情的表达，是发现、塑造甚至发明这个世界，不是简单地把玩一角风景、个人的小情小调。宋初西昆体诗人们选择晚唐诗，尤其是李商隐诗的典丽作为写作楷模，但很快被梅尧臣、欧阳修、王安石所修正，之后的多数诗人们继续发现、塑造世界与人，并开拓出自己的诗歌宇宙。到了明清，诗歌就不再是探索的媒介了；在和平时期，情趣、韵味、性灵拴住了大多数高级文人，使之格局越来越小（尽管也有明初高启和明末清初《圆圆曲》作者吴梅村这样的诗人）。当今的小资们都爱清代的纳兰性德，但小资们的投票恰恰表明了纳兰性德与小资品位的相通。到查慎行，人们对他的称赞是"状物写景极为工细"——这还怎么弄呢！明清也有科举制，但促成诗歌成就的不仅仅是科举制度，它应该是各种制度、各种思想准备、人们感受世界的方式、社会风气和语言积累叠加在一起的结果，当然也离不开天才的创造。而到如今，我们这个社会，有人建议高考语文试卷应允许写点诗歌，其实若真是这样，对促进社会接受诗歌（而且是新诗）

也不管用，因为整个当下的写作制度、语言环境、文化环境（包括本土的和国际的）、生活的物质质量、人们对生活可能性的想象等，跟唐朝完全不同。

我在其他文章中谈到过，唐朝成为诗歌的朝代，是付出了代价的。连挣钱都得付出代价就别说写诗了。唐朝为它的诗歌成就付出的代价就是，没有大思想家的出现。汉代有陆贾、贾谊、董仲舒、桓谭、王充、王符，有《淮南子》的作者们，有与帝国相称的思想遗产，有结构性的写作；宋代有周敦颐、二程、邵雍、李觏、张载、朱熹、陆象山；明代有王阳明、李贽，直到明末清初还有黄宗羲、顾炎武、王夫之等。而在唐朝，喜欢动脑子而不是仅仅抒情的人有韩愈、柳宗元、刘禹锡、李翱等，但他们都是灵感式地思考问题，没有系统，不是结构性的思想家。在思想史上，韩愈占据重要位置，但韩愈本人的思想书写说不上深入和广阔。所以苏轼说唐朝人"拙于闻道"。唐朝的佛经翻译和史学思想成就高迈，但没有出现过战国、两汉、两宋意义上的思想家。唐人感受世界，然后快乐和忧伤。唐人并不分析自己的快乐和忧伤。冥冥中唐人被推上了抒情之路。吕思勉在《中国通史》中说："与其说隋唐是学术思想发达的时代，不如说隋唐是文艺发达的时代。"[*]我之所以在其他文章中指出唐代为其诗歌成就付出了没有思想者的代价，一则是我在自己的阅读中发现了这一点，后来又发现苏轼等人与我持相同的看法，我为此而兴奋；二则是我的主要关注点在当代写作，我不认为当代写作必须回到唐朝，因为我们必须处理我们这充满问题的时代，并以我们容纳思想的写作呼应和致敬唐人的创造力。

我的上述观点表达在我出版于2012年的《大河拐大弯》一书中。该书出版后，上海张定浩在他的名为《拐了弯的诗人》的书评中对我提出批评。他大概是受到了葛兆光教授以新历史主义的方法写《中国思想史》的启发。他说："作为一个也读过几天书的人，我不由得替唐代的读书人抱屈，他们可不是在要诗还是要思想之间左右徘徊的当代诗人。在唐代的大多数时候，思想界是三教并存，互相激发。唐代宗时有李鼎祚《周易集解》，'权舆三教，钤键九流'，可谓《易》学思想的高峰之作；武则天时期译出八十《华严》，对宋以后哲学思想有大影响；宣宗中兴之后，更是有禅宗"一花五叶"的大发展；

---

[*] 吕思勉著《中国通史》，中华书局，2015年，页193。

至于道教,最重要的有关外丹转向内丹的系统性的完整变化,也发生在唐末。较之于日后宋明理学的一统天下,唐代思想界要复杂许多,而唐代诗歌的活力,在很大程度上恰恰是来自于这种复杂。"——对不起,这样的讨论让我想到我们的时代其实也不差:我们的学者们翻译了马列全集以及从海德格尔、维特根斯坦到福柯、本雅明,从哈耶克、以赛亚·伯林到汉娜·阿伦特、约翰·罗尔斯等等的五花八门的左、中、右著作,这些译作无疑对当代和将来的中国思想界、文学界、艺术界都是和都会有影响的。但译者们还不是我说的思想家们。唐末、五代外丹转内丹的话题说起来是学问,听起来挺高深,但其思想史意义恐怕类似于当今的信鬼变成信外星人,以及从纸书阅读转向手机阅读(如果稍微认真地看待外丹、内丹的问题,其转变的原因之一是,炼外丹走不通了才走向炼内丹,这充分见出古人不撞南墙不死心的精神韧力)。这些转变都具有思想史意义,但不是思想家的思想史。关于当代中国的思想界我有些话不便明说,但可以举个西方思想界的例子类比一下:加拿大传播学家马歇尔·麦克卢汉对媒体传播的讨论够重要了,但没有人把他与福柯、德里达相提并论。我愿意按照张定浩的"读书人"思路充分肯定我们时代那些非主流思想家们、草根思想家们的工作的历史意义,但看来我得首先修改我对思想家的定义。我甚至也开始有点犹豫是否应该依着张定浩的观点,转头指责苏轼、吕思勉以及过去我在文章中提到过的冯友兰等人在谈到唐人的学术和思想时都是在胡扯。张定浩的观点也许没错,但他对文学的理解和想象不是我的理解和想象。

贰 和尚们的偈颂与非主流诗歌创作

张定浩在批评我的文字中提到禅宗在宣宗中兴以后"一花五叶"的大发展（我读到的材料说此一发展的时间段要再靠后些），但没有解释怎样叫作"一花五叶"，是哪"五叶"——"读书人"吓唬人的小心眼儿。呵呵。我在这里为他做个注解：这个说法来自《六祖坛经·付嘱品第十》（宋释道原《景德传灯录》卷三亦有记载）。在禅宗六祖惠能入灭前，其弟子法海上座问："和尚入灭之后，衣法当付何人？"惠能大师引禅宗祖师达摩的偈子言法衣不合再传：

吾本来兹土，传法救迷情。
一华开五叶，结果自然成。

后来在唐末五代时期，禅宗从青原行思一系形成曹洞宗、云门宗和法眼宗；从南岳怀让一系形成沩仰宗和临济宗。这是对"五叶"的一种解释。另一种解释为：五叶代表五代，指达摩以下的慧可、僧璨、道信、弘忍和惠能。我不知张定浩取的是哪种解释。佛教传入中国的时间一般有两种说法：一为西汉哀帝元寿元年（公元前2年），一为东汉明帝永平十年（67年）。李学勤先生认为，细读《史记》，会发现秦代已有佛教寺庙。禅宗依真如佛性为形而上基础，认识到"佛是自性，莫向心外求"，把原始佛教的佛度、师度变为道由心悟、自性自度，对于佛教的本土化起到了重要的推动作用。而这其中的关键人物即禅宗六祖惠能。惠能又被尊为南宗禅的大宗师。他生在太宗贞观十二年（638年），入灭于玄宗先天二年（713年），享年七十六岁。他去世的前一年杜甫出生。据说武则天在万岁通天元年（696年）曾遣使对惠能表达过尊崇之情。宪宗皇帝追谥惠能为"大鉴禅师"。但禅宗真正发达起来，一花开五叶，是到了唐末五代。把这事算在唐代当然也可以，但"五叶"对唐代的主要诗人们大概没什么影响，也就是说没能构成对话关系。或许那位没能从五祖弘忍处继承法衣的大和尚、后来被尊为北宗禅大宗师的讲究"渐悟"的神秀，倒是对唐代的诗人们，至少对王维的写作，产生过影响。（王维的母亲曾师事神秀弟子大照禅师普寂三十余载，但王维也了解惠能，曾作《能禅师碑》。另外需要说明的一点是："顿悟"说并不始于惠能，而是始于晋宋之际、鸠摩罗什的著名弟子竺道生。）杜甫虽是典型的儒家诗人，但似乎也对北宗禅怀有好感。他曾在《秋日夔府咏怀奉寄郑监李宾客一百韵》一诗中说："身许双峰寺，门求七祖禅。"这里所说的"七祖"，一些学者认为指的就是普寂。神秀于久视元年（700年）被武则天遣使自江陵当阳山玉泉寺迎至洛阳，后召至长安，年九十余岁，深得武则天敬重。中宗即位，更加礼重。神秀于神龙二年（706年）逝世。弟子普寂、义福（行思）继续阐扬其宗风，盛极一时，两京之间几皆宗神秀。北宗禅后来传至日本，但在唐土没能传出几代。后世的禅宗全依惠能的南宗禅。

禅宗南北宗的问题值得一说。南宋严羽著《沧浪诗话》，"论诗如论禅"，所依的禅宗当为南宗禅。明代董其昌依南宗禅倡南宗绘画，或曰文人画，将文人画的老祖宗追溯到唐代的王维，可董其昌疏忽了一点，即王维的佛禅恰恰不完全是南宗禅而是北宗禅或南北宗的混合。当然，惠能在《顿渐品第八》中说："法本一宗，人有南北；法即一种，见有迟疾。何名顿渐？法无顿渐，人有利钝，故名顿渐。"但由于南宗禅对宋以后中国文化的影响颇大，所以这一话题不应轻易绕过。

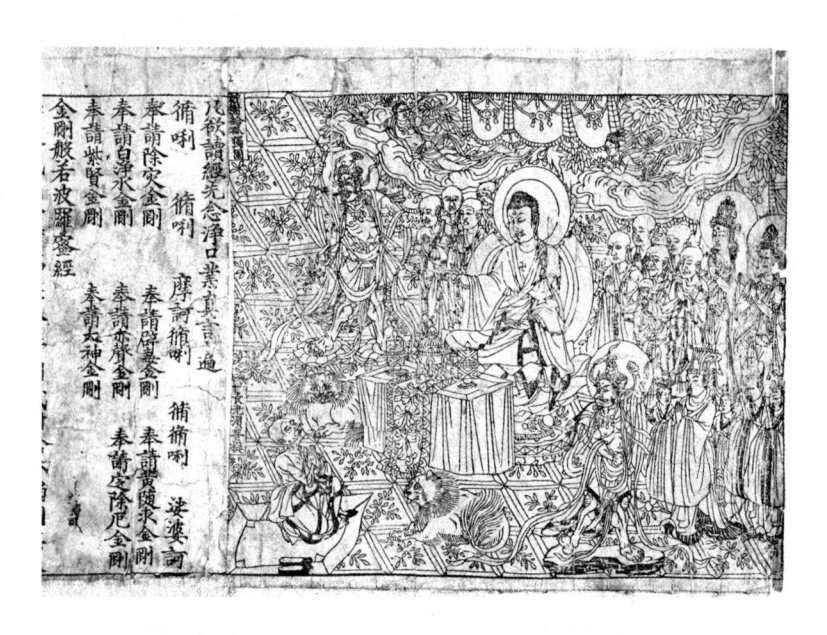

唐咸通九年（868年）《金刚经》（出自敦煌17窟，藏大英博物馆图书馆）

《玄奘取经图》
（9世纪作品，出自敦煌，现存德国）

宋佚名作《玄奘负笈图》

惠能和尚不识字，所以当他在《付嘱品第十》中以"三十六对法"阐明佛教的中道观时，直令人觉得他是以奇迹讲述奇迹：

"对法外境，无情五对：天与地对，日与月对，明与暗对，阴与阳对，水与火对，此是五对也。法相语言十二对：语与法对，有与无对，有色与无色对，有相与无相对，有漏与无漏对，色与空对，动与静对，清与浊对，凡与圣对，僧与俗对，老与少对，大与小对，此是十二对也。自性起用十九对：长与短对，邪与正对，痴与慧对，愚与智对，乱与定对，慈与毒对，戒与非对，直与曲对，实与虚对，险与平对，烦恼与菩提对，常与无常对，悲与害对，喜与嗔对，舍与悭对，进与退对，生与灭对，法身与色身对，化身与报身对，此是十九对也。"

师言此三十六对法，若解用，即道贯一切经法，出入即离两边。

惠能以这些成对的概念讨论问题，不是在对对子，而是赋予大千世界以秩序，简直像以哲学范畴整理世界的康德！大师确为古今第一大根器。他甚至谈到外国语："何名'波罗蜜'？此是西国语，唐言到彼岸，解义离生灭。著境生灭起，如水有波浪，即名于此岸，离境无生灭，如水常通流，即名为彼岸，故号'波罗蜜'。"(《般若品第二》）每句五言，接近于偈颂。不过，此刻我对《坛经》的兴趣更多与诗歌创作有关。《坛经》中载有大和尚多首偈颂，除了那首"菩提本无树，明镜亦非台。本来无一物，何处惹尘埃"，尚有一些诗偈非常之好，如《机缘品第七》中：

> 不见一法存无见，大似浮云遮日面。
> 不知一法守空知，还如太虚生闪电。
> 此之知见瞥然兴，错认何曾解方便。
> 汝当一念自知非，自己灵光常显现。

这首偈子完全是七言诗的样貌；其比喻用得惊人，又是太阳又是闪电，不是一般热爱落日与明月的唐代诗人的语气。整个偈子用语畅达，居然押的还是仄韵，由此亦可见同时代的唐诗对其语言表述的影响。南明郑龙采在《寒山唱和序》中说："唐世韵语盛行，村稚爨妇，能解歌吟。"考虑到惠能不识字，他一定是时常听到人们吟诗诵赋，每闻每记每悟，才具备了这样好的诗歌形式感。陈寅恪在《论韩愈》一文中说："天竺偈颂音缀之多少、声调之高下，皆有一定规律，唯独不必叶韵。六朝初期，四声尚未发明，与罗什共译佛经诸僧徒虽为当时才学绝伦之人，而改竺为华，以文为诗，实未能成功，惟仿偈颂音缀之有定数，勉强译为当时流行之五言诗，其他不遑顾及。故字数虽有一定，而平仄不调，音韵不叶，生吞活剥，似诗非诗，似文非文，读之作呕。"* 在这种情况下，惠能大师所作的诗偈在悦耳入心方面可说进步巨大，他对佛教偈颂在语言形式上做出了重要的改造。但有趣的是，惠能的偈颂改造并没有一味向唐代的主流文化或曰精英文化看齐（这肯定与他不识字有关，他无须展读书本，包括译经）。他的有些偈子充分使用了俚俗口语或曰白话，这是否佛教偈颂的一贯用语原则我不知道，但他面对的是寻求开悟的俗众，而俗众并非前来欣赏诗歌是肯定的。在这个意义上说，偈颂不是诗歌。但不妨让它更悦耳，更易懂一些。

在《顿渐品第八》中，惠能反对长期禅坐，以为这

---

* 转引自陈文华著《唐诗史案》，上海古籍出版社，2003年，页174。

样会拘束身体。其偈子云：

生来坐不卧，死去卧不坐。
一具臭骨头，何为立功课？

这样浅白的语吻令我们自然联想到唐初白话诗僧王梵志。我们的文学史在论述初唐诗歌时一般只讨论陈子昂、王勃、杨炯、卢照邻、骆宾王和沈佺期、宋之问，几乎不会提及王梵志，仿佛他那旁门左道的诗歌上不了台面。当胡适在20世纪20年代要为白话新诗寻找历史根据和支撑时，他乞灵于王梵志，还有王绩、寒山等。在《白话文学史》第十一章中，胡适说："我近年研究这时代（指初唐）的文学作品，深信这个时期是白话诗的时期。"胡适的话说得有些过分，但不管怎么说他注意到了王梵志诗歌的价值；但是，其论述又太过局限于所谓"白话诗"的范围，而对王梵志诗歌戏谑与说理之间看似不搭却搭出了特殊风格的关系讨论得不够深入。王梵志严肃的济公式的吊儿郎当、可疑的诗歌抱负、有趣的俚俗恶趣味、写法上的以文为诗，以及他那说不清是佛教大智慧还是面向愚夫愚妇的醒世陈词，对胡适这样的君子学人来说太过分了，所以他选择看不见。这可能也跟胡适本人缺乏诗才,缺乏对语言、形式的瞬间靠近和占有的能力有关。王梵志约生活在6世纪末至7世纪中下叶,享年八十有余,与同为所谓白话诗人的王绩同时而更长寿。他本生于殷富之家,早年也曾诵读儒家诗书,但适逢隋末战乱,其家道中衰,入唐以后竟然破产,以致穷愁潦倒,身无一物。他在五十多岁时皈依佛门,但又不守戒律,而是四处化斋,生活漂泊不定。在骈丽文风和宫体诗盛行的初唐他竟一意孤行地创作下大量的白话诗,与其说这些诗诞生于明确的文体意识(王梵志恐怕并不想作为诗人名垂青史,但他显然作诗上瘾,这种人在今天也不少见),不如说它们是人生遭际与宗教启悟合作的产物;白话成诗只是水到渠成:

城外土馒头,馅草在城里。
一人吃一个,莫嫌没滋味。

他人骑大马,我独跨驴子。
回顾担柴汉,心下较些子。

当下受到口语诗熏陶的"屌丝"诗人们和"屌丝"诗歌读者们,在读到这样的既不提供远方也不提供浪漫思绪的俚俗诗歌时会会心一笑，会觉得大唐王朝其实距我们并不遥远，我们甚至会因王梵志而对立体的唐人产生亲切感。在经过"五四"到20世纪40年代末、70年代末到今天这两个时段对西方、俄罗斯、拉美现代诗歌的阅读之后，王梵志重回我们的阅读视野当然意义不浅。我不想高抬王梵志诗歌的文学价值，但它们别具一格，而这已经很有意义了。王梵志、寒山、拾得、皎然、贾岛、贯休等构成了唐诗中和尚写作的风景（《全唐诗》共录诗僧一百一十二人）。这其中前三位的创作与唐代主流或精英或进士写作在很大程度上拉开了距离。他们是边缘创作者、非主流创作者；他们那受到印度佛教偈颂影响的诗歌，为今人提供了不可思议的滋养。他们与今人的不同在于他们不钻个人的牛角尖，他们是开悟之人。他们那与庄严作对的诗歌所关涉的却全是大问题：善恶、生死、超脱、报应，这和出自今人感官的诗歌南辕北辙。唐人为中国诗歌做出的伟大贡献之一是他们发明了打油诗。但王梵志诗与打油诗也不同：前者有超越纯粹戏谑和以拙为巧作诗法之上的宗教与道德目的。王梵志在唐代和宋代声名颇显，其诗歌的白话衣钵被其后精英文化中的顾况、元稹、白居易、刘禹锡等部分地继承；其文体上的叙事特征、以文为诗特征，可能与后来杜甫、韩愈的写作有点儿关联。皎然在《诗式》中将王梵志与卢照邻、贺知章等同归入"跌宕格"中的"骇俗"品,此品诗人"其道如楚有接舆,鲁有原壤,外示惊俗之貌,内藏达人之度"。北宋黄庭坚曾专门称赞过王梵志的"翻着袜"作诗法。他在《书梵志翻着袜诗》一文中说:"一切众生颠倒,类皆如此,乃知梵志是大修行人也。"王梵志原诗为:

梵志翻着袜,人皆道是错。
乍可剌你眼,不可隐我脚。

在一个锦绣文章的时代王梵志"翻着袜"作诗,一定颇为奇葩,但王梵志不仅是一位奇葩诗人、通俗诗人,他似乎也想参与一些深邃思想问题的讨论。他看来是读过陶渊明的《形影神》诗(陶诗所回应的是东晋庐山慧远提出的"形尽神不灭论"),而且可能也想对庄子针对"人与影竞走"所发出的议论做出呼应。《庄子·渔父》:

人有畏影恶迹而去之走者,举足愈数而迹愈多,走愈疾而影不离身,自以为尚迟,疾走不休,绝力而死。不知处阴以休影,处静以息迹,愚亦甚矣!

王梵志做出的呼应是：

> 以影观他影，以身观我身。
> 身影何处昵？身共影何亲！
> 身行影作伴，身住影为邻。
> 身影百年后，相看一聚尘。

在另一首诗中，王梵志对《孟子·离娄下》中所说"君子有终身之忧，无一朝之患也"，以及《古诗十九首》中"生年不满百，常怀千岁忧"的人生认识做出了反应。如果说君子常怀"千岁忧""终身之忧"是一种儒家价值观的话，那么王梵志做出的反应就是反价值观的，至少是以宗教思见（甚至可说是有宗教撑腰的世俗玩世之见）反对流行的、严肃的、崇高的儒家价值观。其诗云：

> 世无百年人，强作千年调。
> 打铁作门限，鬼见拍手笑。

王梵志的诗歌今存三百余首，但宋以后，其诗歌渐被忘却（也没有完全被忘却，《红楼梦》第六十三回曾引用南宋范成大"纵有千年铁门限，终须一个土馒头"的名句，而范句借用了王梵志"千年调"、"铁门限"和"土馒头"的说法）。直到光绪二十六年（1900年）敦煌藏经洞被发现，洞中保存的王梵志诗的多种抄本才使得他重回我们的阅读视野。他命该重生于20世纪、21世纪，以及更久远的将来。在多愁善感、愁眉苦脸、自视高雅、自我作践、相信"生活在远方"的诗作者和诗读者的桌子上放一本《王梵志诗集》，不啻为一副清醒剂（我本人并非不在乎作为形而上学之远方的意义）。所以在这篇主要讨论唐代主流诗人的文章中特别首先提到王梵志，我觉得实有相当之必要。

与王梵志诗相比，寒山诗虽也在看破红尘的同时劝善醒世，但包含有更多自述不着调生活或云疯癫悟道者生活的内容，有点儿自传体的意思。我们这些世俗之人很难判断究竟是大彻大悟让一些和尚们疯癫起来，还是他们被生活所迫疯癫起来，还是他们有意作疯癫相。东正教的俄罗斯有癫僧传统，中国亦有自己的佛教癫僧。癫僧们不合常理的语言、行为总是很迷人的；在常理中看不到出头之日的老百姓对癫僧们也总是津津乐道的。于是他们成为传奇，进而升格为神话。但胡适《白话文学史》第十一章尝引《续僧传》卷三十五中的一个故事，提供给我们一个看癫僧的别样角度。故事说6世纪大师

唐维摩诘坐像（敦煌 103 窟壁画局部）

兜沙経

一切諸佛威神恩諸過去當来今現在亦尒

佛在摩竭提國時法清浄甚其處号曰在所

問清浄始作佛時光景甚明自然金剛蓮華

周帀甚大自然師子座諸佛過去時亦處於

唐人写经

晚唐佚名作《引路菩萨图》(绢本,出自敦煌藏经洞,现藏大英博物馆)

亡名的弟子卫元嵩少年时即想出名，亡名对他说："汝欲名声，若不佯狂，不可得才。"卫元嵩听了这话遂佯狂漫走，人逐成群——原来这超凡脱俗是世俗算计的结果！不过在这里，我没有要据此故事来判断寒山癫狂与不着调生活是否诚实的意思，我宁可相信他是文殊菩萨的化身。

寒山诗曾迷倒过包括王安石这样的用功于三坟五典的大文人、大官僚。作为11世纪的大改革家，他现在也被视作国家资本主义和社会主义的先驱。就是这样一个人物曾作十九首《拟寒山拾得》诗。他称赞寒山、拾得"奇哉闲道人，跳出三句里。独悟自根本，不从他处起"。王安石下面这首"人人有这个"诗，口语，纠缠，涉及佛理而不讲透，就像一个哑谜，不同于他属于进士文化的多数诗歌：

> 人人有这个，这个没量大。
> 坐也坐不定，走也跳不过。
> 锯也解不断，锤也打不破。
> 作马便搭鞍，作牛便推磨。
> 若问无眼人，这个是甚么？
> 便遭伊缠绕，鬼窟里忍饿。

元颜辉《寒山拾得图》（现藏日本）

中国的文学传统是抒情传统，史诗（epic）因素缺乏，也不曾出现过古罗马以诗体作《物性论》的哲学家卢克莱修那样的人物。老子《道德经》的语言方式虽然靠近诗歌，但在中国历朝历代，它基本上是被当作思想读物来面对的。因此可以说是寒山为中国诗歌写作提供了容纳思想观念的方法，这一点被王安石敏感地抓住了，但却为多数诗人和文学史家们所忽略；有些人虽然注意到了，却贬之为诗歌写作的旁门左道。

寒山诗不仅迷倒了一些中国的大文人（除王安石，尚有朱熹、陆游，还有明代董其昌等），它也在20世纪50年代后期通过美国诗人盖瑞·斯奈德的翻译迷倒了包括垮掉派小说家杰克·凯鲁亚克和诗人艾伦·金斯伯格在内的一大批北美和欧洲的嬉皮士们。凯鲁亚克指寒山为嬉皮士们在中国唐代的老祖宗。其声名曾一时超过李白、杜甫、王维、白居易在西方的声名。对中国读者来讲，寒山所提供的是他的智慧口语、人生态度，但对西方人来讲，除此之外，寒山还提供了一种可用以反对当代资本主义主流价值观和生活方式的另类价值观与生活方式，以及生存的勇气。据传寒山曾长住天台山幽窟中，与天台山国清寺的和尚拾得、丰干为好友，故称"国清三隐"。寒山好讽谤唱偈，每有篇句，即题于石间树上。

他那反文明的生活方式仿佛为20世纪西方强调重新处理人与自然关系的生态主义者们提供了榜样。寒山超前了一千二三百年。他是唐代诗人中极少几位，甚至也许是唯一一位"现代"诗人（不过对西方人——尤其是受到美国20世纪60年代亚文化影响的西方人——来说，所有唐代诗人都是现代诗人，因为他们读的是被从历史逻辑当中择出来的、凌空蹈虚的译文。他们从自身的历史条件、文化需要、社会问题、道德状况出发阅读唐诗。他们中间除了专家，很少有人会认真考虑唐诗与儒家道统、中原文化、安史之乱等因素之间的关联。他们对唐诗、禅宗、道教的热爱与他们对藏传佛教的热爱没什么区别）。

我们不知道寒山究竟生活在唐代的哪一个时段。历史上和当下的学术界有三种说法：贞观说（627—649年）、先天说（712—713年）和大历说（766—779年）。有人甚至比较肯定地给出他的生卒年代，即约为691—793年。这样的话，他就活了一百多岁，而且他还曾与王维、李白、杜甫同时代，也就是说他在山中破衣烂衫地走过了盛唐。这也够奇妙的！不过李白、孟浩然都曾访问过天台山国清寺，而且李白去过两次，但都没有遇到过寒山。这能说明点儿什么吗？难道他是打定了主意，就躲在山洞里，不出来与大诗人们见面？要是寒山遇到过李白，两个超凡脱俗的人，两个个性鲜明的人，一道一佛，会弄出什么动静？据说寒山也像王梵志一样出身于富裕人家，这便使他得以在早年获得良好的教育，所以当我们读到他一些符合唐代主流诗歌趣味、合乎作诗规范又清澈自得的精彩律诗时，我们也并不觉得奇怪：

可笑寒山道，而无车马踪。

联溪难记曲，叠嶂不知重。

泣露千般草，吟风一样松。

此时迷径处，形问影何从。

又是"形（身）"和"影"！又是对陶渊明与庄子的回应！我不能肯定"影"这个东西能否像"道"一样被归入形而上学，但它附属于"形"，又超出"形"；它的存在被赋予了神秘的属性，关乎时间、死亡和另一个世界；它至少对形而上的世界做出了提示。这样高级的诗篇被题写在天台山的岩间树上，着实令人觉得不可思议。既然作者能够写下这样的诗篇，那么他那些俚俗、口语的诗歌便显然是有意识造出来的。我们不知道他对当时的主流诗坛究竟了解多少，但与王梵志相比，寒山在具体表达上显然更讲究些，也就是说更有文采些，更文人化些，这也许是寒山对唐代主流诗歌的了解比王梵志要多些，接纳起影响来要更自觉些的缘故。他不觉得疏离于主流诗坛的自己低于那个时代的主流诗人，因为看来他对自己诗歌的存在价值信心满满，故而当别人质疑、嘲笑他的诗歌时，他能以一个行家的姿态予以回击：

> 有人笑我诗，我诗合典雅。
> 不烦郑氏笺，岂用毛公解。
> 不恨会人稀，只为知音寡。
> 若遣趁宫商，余病莫能罢。
> 忽遇明眼人，即自流天下。

寒山是王梵志的后继者，他知道王梵志，这有他的诗歌为证：

> 梵志死去来，魂识见阎老。
> 读尽百王书，未免受捶拷。
> 一称南无佛，皆以成佛道。

这首诗不见于通行的寒山诗集，是胡适在五代禅宗大师风穴延沼的《风穴语录》中找到的。寒山既知王梵志，就难免向王梵志靠拢。他用王梵志的方法创作诗歌，最终学会了以诗歌的形式讲故事。用现在的话说，他使他的诗歌增强了叙事因素，或者还有散文因素。有了叙事，他就更加不在乎同时代的抒情潮流了：

> 我有六兄弟，就中一个恶。
> 打伊又不得，骂伊又不著。
> 处处无奈何，耽财好淫杀。
> 见好埋头爱，贪心过罗刹。
> 阿爷恶见伊，阿娘嫌不悦。
> 昨被我捉得，恶骂恣情掣。
> 趁向无人处，一一向伊说。
> 汝今须改行，覆车须改辙。
> 若也不信受，共汝恶合杀。
> 汝受我调伏，我共汝觅活。
> 从此尽和同，如今过菩萨。
> 学业攻炉冶，炼尽三山铁。
> 至今静恬恬，众人皆赞说。

叁 安史之乱－儒家道统－杜甫和韩愈

和尚们都是非历史化思维，他们超然于历史之上，就像今天一些号称有思想的人全是哲学化思维，而不屑于历史化地看待世界和我们的生活。但唐代的主流诗人们，王昌龄、王维、储光羲、李华、李白、李颀、杜甫、高适、岑参、元结、冯著等，或得意或失意，或富有或贫穷，或拘谨或放达，一路走到了安史之乱（755—763年）。刘长卿、孟云卿、顾况、钱起、张继、卢纶、韩翃，这些诗人经历了安史之乱的时代。韦应物早年任侠使气，放浪形骸，安史之乱后始"折节读书"。安史之乱对于唐朝的影响，对于整个中国历史的影响都是至强至大的。日本学者内藤湖南认为唐宋之际是中国古代和近世的交接点，因有"唐宋变革说"，也可以被称作"唐宋之变"；陈寅恪更明确提出安史之乱是中国古代历史的分水岭[*]。

---

[*] 据荣新江论文《安禄山的种族、宗教信仰及其叛乱基础》，见其《中古中国与粟特文明》，生活·读书·新知三联书店，2014年，页266。

安史之乱之前是青春、慧敏、统一、安定、富足、高歌的唐土，安史之乱以后，唐朝元气大伤，艰辛、危机、动荡接踵而至，党争、宦官政治、藩镇割据的局面形成；不过与此同时，唐朝却并没有像汉朝分成西汉、东汉，像晋朝分成西晋、东晋，像宋朝分成北宋、南宋，于此也见出了唐王朝生命力的顽强。对唐朝的诗歌写作和更广义的文学创作而言，安史之乱同样起到了重大的转捩作用。它废掉了一些人的写作功夫，淘汰了一些人的写作成果。如果一个重大历史事件如安史之乱的出现，不能在淘汰与报废的意义上影响到诗人作家们的创作，那它基本上就是被浪费掉了。而安史之乱居然为中国推出了最伟大的诗人：杜甫。这是安禄山、史思明没有想到的，这是王维、李白、肃宗皇帝没有想到的，这也是杜甫自己没有想到的。

杜甫的写作成就于安史之乱，没有安史之乱，他可能也就是个二流诗人。他被迫走进了安史之乱，将周身的感觉器官全部打开，记录下自己的颠沛经验，接通了一己"天地一沙鸥"的存在与当下历史、古圣先贤的坎坷，将自己的文字提升到日月精华的程度，同时解除了王维式的语言洁癖，靠近、接触、包纳万有。在杜甫面前，王维所代表的前安史之乱的长安诗歌趣味，就作废

杜甫书《严公九日南山诗》拓片,据传为杜甫唯一存世墨迹

了。王维经历了安史之乱，但是他已然固定下来的文学趣味和他被迫充任安禄山大燕朝廷伪职的道德麻烦，使之无能处理这一重大而突然，同时又过分真实的历史变局。这真是老天弄人。其经历、处境令人联想到才高掩古、俊雅造极，却丢了江山的宋徽宗。王维的语言写山水、田园和边塞都可以，他可以将山水、田园和边塞统统作为风景来处理，以景寓情，借景抒情（借用中学语文老师们的话），但要处理安史之乱，他需要向他的写作引入时间维度，同时破除他的语言洁癖，朝向反趣味的书写。这对王维来说是不可能的工作。所以安史之乱塑造的唯一一位大诗人是杜甫。杜甫在安史之乱中发展出一种王维身上没有的东西：当代性。杜甫的诗歌很多在处理当下，他创造性地以诗歌书写介入了唐宋之变。古往今来，一般人都会认为当下没有诗意，而比如月亮、秋天、林木、溪水、山峦、寺宇、客栈、家乡，甚至贫穷、蛮荒、虎啸猿啼，由于过去被反复书写过无数遍，便被积累为诗意符号，会顺理成章地呈现于语言。但在当下，忽然哪天化工厂爆炸，石油泄漏，地下水污染，股市崩盘，你写诗试试，你写不了，因为你那来自他人的、属于农业文化和进士文化审美趣味的、模式化了的、优美的、书写心灵的所谓"文学语言"，处理不了这类事，因为你在语言上不事发明。杜甫的当代性是与他复杂的时间观并生在一起的。他让三种时间交叠：历史时间、自然时间、个人时间。而如果说王维的风景也贯穿着时间之纬的话，那么那只是一种绝对的时间。所以在这个意义上王维是一个二流诗人。钱锺书判断王维就是个二流诗人，但却是二流诗人里最好的一个，他说："中唐以后，众望所归的大诗人一直是杜甫……王维和杜甫相比，只能算'小的大诗人'。"* 李白也卷入了安史之乱，他吟咏着"但用东山谢安石，为君谈笑静胡沙"加入了永王李璘的勤王军队。一个人自大到国难当头依然这么自大，而且是将文学自大转化成了政治自大，这也算是奇观了！李白没想到肃宗登基后，永王就成了叛军，在老朋友高适的镇压下，他走上了流放夜郎之途。

但是直到今天，我们的各类课本里都没能讲清楚安史之乱究竟是怎么回事。因为我们一般都是从唐朝这样一个正统王朝的角度，从所谓"正史"的角度来看待安史之乱的。很少有人真正地研究安禄山。

---

* 钱锺书《中国诗与中国画》，见《七缀集》修订本，上海古籍出版社，1994年第2版，页21。

好在近年来此一情况有所改观。据历史学家荣新江教授《安禄山的种族、宗教信仰及其叛乱基础》一文，安禄山是杂种胡人，粟特人和突厥人的混血。粟特人历史上由于生活区域和丝绸之路的缘故，多从事跨民族的商贸活动，这就练成了安禄山和同样是粟特人的史思明的牙郎（翻译）本领。据说安、史皆能说六种语言，至少达到了同样据说是"通十余种语言"的学术泰斗季羡林的一半水平！安禄山和史思明都信奉来自波斯高原的琐罗亚斯德教，就是我们说的祆教。所以他们应该都熟悉该教圣典《阿维斯塔经》——这也是后世德国人尼采所熟悉的圣典。安禄山的名字"禄山"实为粟特语 Roxšan 的音译，本意"光"。而史思明的名字是唐玄宗所赐，"明"——琐罗亚斯德教崇拜光明。看来玄宗皇帝对于琐罗亚斯德教并非一无所知。

从安禄山的角度讨论安史之乱，许多问题就豁然开朗：安禄山手下军队十五六万（一说二十万），族属粟特、同罗（回纥一部）、汉、奚（亦称库莫奚）、契丹、室韦等。他能够起事，是因为他扮演起琐罗亚斯德教光明神的角色。但能否从安、史的角度把这场变乱理解为信仰之战呢？目前还没有人能够给出回答。

要说起来，少数民族在唐代被重用，还得追溯到那个得罪了士子们的、年轻时斗鸡走马、擅长音律的画家又是奸相的李林甫（听起来像个文艺复兴式的人物！呵呵）。李林甫拜相以后为维护自己的政治地位，打压进士出身的官僚，扳倒贤相张九龄。与此同时，他启用藩将或曰非汉族武将担任各地节度使，既要让各少数民族将领之间相互制约，又挡住了汉族官员的晋升之途。据说他是觉得只有这样，自己的位子才能坐得安稳。安禄山在四十岁上出任平卢军节度使这件事虽与李林甫无直接关系，但他后来的做大却是李林甫这一用人政策的结果。安禄山在朝廷里唯一害怕的人就是李林甫。《旧唐书·李林甫传》："林甫性沉密，城府深阻，未尝以爱憎见于容色……秉钧二十年，朝野侧目，惮其威权。"但李林甫于天宝十一年（752年）病死，杨国忠出任右相，打压安禄山，使得安史之乱于755年爆发。

唐朝是一个国际化的朝代。唐土上居住着众多少数民族和外国人。唐朝廷任用非汉人做边将，受益的也不仅是安禄山，西突厥突骑施部首领哥舒翰也是受益者之一。在安史之乱之初，因兵败与谗言被朝廷斩杀的大将高仙芝是高句丽王族。在随驾玄宗皇帝避难蜀中的人员当中有一位汉名晁衡的日本人，本名阿倍仲麻吕。安史之乱特别复杂：汉族、中国的正统王朝、少数民族、外国人、西域文化，还有宗教问题，都混在了一起。由于安史之乱，回纥人进来，吐蕃人进来，中国一下就乱了套，中国历史来了一个跨越唐宋的大转折。

荣新江指出："安史之乱后，唐朝境内出现了对胡人的攻击和对胡化的排斥。特别是中唐时代思想界对于胡化的反弹，演变成韩愈等人发动的复古运动。这种一味以中华古典为上的思潮，最终导致了宋朝的内敛和懦弱。"*——宋朝人是否"懦弱"，韩愈究竟只是顺应当时思想界的演变还是有其独特的作为，咱们都可以再讨论，但韩愈确实"作书诋佛讥君王"，反对宪宗迎佛骨，然后被贬潮州刺史。在赴任的路上他写下"欲为圣明除弊事，肯将衰朽惜残年"的诗句。在韩愈看来，释迦牟尼也像安禄山一样是异种。在其于元和十四年（819年）所上《论佛骨表》中，韩愈说：

伏以佛者，夷狄之一法尔。自后汉时流入中国，

---

* 据荣新江论文《安禄山的种族、宗教信仰及其叛乱基础》，见其《中古中国与粟特文明》，生活·读书·新知三联书店，2014年，页291。

> 上古未尝有也……夫佛本夷狄之人，与中国言语不通，衣服殊制，口不言先王之法言，身不服先王之法服，不知君臣之义、父子之情。

这样的反对理由以国际化的今人看来既肤浅又可笑，但对韩愈来说，这肤浅又可笑的理由却来自中原民族的切肤之痛。所以韩愈在思想领域就必欲回归儒家道统，与此相应，他在文学领域搞古文运动（但古文运动的源头可追溯到《隋书》中记载的隋文帝"普诏天下公私文翰并宜实录"，或者更早。初唐陈子昂在《与东方左史虬修竹篇序》中感叹道："文章道弊五百年矣。"玄宗朝李华、萧颖士亦尝为古文。但古文运动到韩愈、柳宗元手上得以确立，无疑是得到了安史之乱的推动）。他在写诗上以文为诗，在趣味上扣住当下，甚至扣住当下世界非诗意的一面（对韩愈的诗歌，宋代严羽在《沧浪诗话》中指其缺乏妙悟，不如他的好朋友孟郊。但妙悟恰来自佛教禅宗。而佛教，在韩愈看来，正是外国人的玩意儿，尽管禅宗是本土化的产物。他也许对惠能大师不感兴趣，但不知他如何看待王梵志与寒山）。拿韩愈和与之同朝为官的大诗人白居易做个简单比较，我们就能看出韩愈所推动的时代性思想转变、写作方式的转变其力量有多大：

唐代胡人雕塑

回鹘高昌王供养像（新疆柏孜克里克 20 号窟）

安史之乱中史思明所铸得壹元宝和顺天元宝

对白居易来说，安史之乱只是提供了他写作《长恨歌》的题材而已。而且这题材还被约束在了贵妃杨玉环和玄宗皇帝李隆基的绵绵无绝期的爱情悲剧上。

韩愈的儒家道统上溯到孟子。《孟子·尽心下》曰：

> 由尧、舜至于汤，五百有余岁，若禹、皋陶，则见而知之；若汤，则闻而知之。由汤至于文王，五百有余岁，若伊尹、莱朱，则见而知之；若文王，则闻而知之。由文王至于孔子，五百有余岁，若太公望、散宜生，则见而知之；若孔子，则闻而知之。由孔子而来至于今，百有余岁，去圣人之世若此其未远也。近圣人之居若此其甚也，然而无有乎尔，则亦无有乎尔！

然而从儒家发展的历史看，战国以后，孟子是坐了很长时间的冷板凳的。《韩非子·显学》篇说孔子死后"儒分为八"："有子张之儒，有子思之儒，有颜氏之儒，有孟氏之儒，有漆雕氏之儒，有仲梁氏之儒，有孙氏之儒，有乐正氏之儒。"——孟子只是儒家各派中的一派。而且韩非子没有提到对传承儒家经典起到重要作用的子夏学派。子夏姓卜名商，字子夏。孔子殁后，子夏设帐魏国西河，《史记·儒林列传》载："如田子方、段干木、

感興契著徒宗師盧舉處士同謁少堂李君拾遺

韩愈书法碑

吴起、禽滑厘之属，皆受业于子夏之伦，为王者师。"这个名单里没有包括李悝、公羊高和穀梁赤，据说这三人也是子夏的学生，前者大法家，可能影响到出生于赵国郇邑（山西南部）的大儒家荀子，后二者传授下来《春秋公羊传》和《春秋穀梁传》（只从一般说法。学者们对两传的传承有复杂的考证和相互矛盾的推测）。可以说子夏既开启了三晋儒学，也对法家思想有所兼容（其学生中也有墨家和兵家者）。南宋洪迈以为"六经"皆传自子夏。故子夏之儒是传经系统：从汉代张大《春秋公羊传》的董仲舒回溯，这个线索是董仲舒—公羊高—子夏—孔子。董仲舒秉承《公羊传》尊王攘夷、大一统的思想，同时发展了天人感应说。汉武帝"独尊"的就是这个"儒术"。而在汉宣帝以前声势较小的《春秋穀梁传》的传承则可以上溯到荀子。荀子学生韩非、李斯，一个是法家法、术、势思想的集大成者，一个是以法家学说助秦始皇"吞二周而亡诸侯，履至尊而制六合"的丞相。荀子另外有学生浮丘伯和张苍。浮丘伯传《穀梁传》于汉初陆贾，陆贾为汉朝造《新语》；张苍则助汉室订立章程，他与李斯弟子吴公同为贾谊老师，而贾谊接受了陆贾对秦亡汉兴之原因的看法，为董仲舒的儒学新体系打下基础。我们看到，这里面没有孟子什么事，而荀子的学问和思想倒可说关乎秦汉两个朝代。荀子推"礼",孟子讲"义";荀子以"性恶"说反对孟子的"性善"论。在战国后期,荀、孟声名不分仲伯,而孟子的独大,要等到战国之后一千年的安史之乱以后,韩愈上溯儒家道统来面对问题百出、危机四伏的中唐时代。儒家的传道系统,即孔子—曾子—子思—孟子系统,到这时才开始左右历史。

韩愈在《原道》一文中说:

> 曰:"斯道也,何道也?"曰:"斯吾所谓道也,非向所谓老与佛之道也。"尧以是传之舜,舜以是传之禹,禹以是传之汤,汤以是传之文武周公,文武周公传之孔子,孔子传之孟轲;轲之死,不得其传焉。荀与扬也,择焉而不精,语焉而不详。由周公而上,上而为君,故其事行;由周公而下,下而为臣,故其说长。

这样一个儒家道统有编造的嫌疑,但在《与孟尚书书》中,韩愈说:"使其道由愈而粗传。"——他这是以圣道传人自居了。晚唐杜牧在《书处州韩吏部孔子庙碑阴》中充分肯定了韩愈对张大儒家道统所起的作用:"称夫子

东汉元和二年（85年）刻《春秋公羊传》砖拓片

之德，莫如孟子；称夫子之尊，莫如韩吏部。"韩愈的这种道德、学术与历史姿态，对后世儒生、知识分子影响至深，宋儒张载"为天地立心"的豪言姑且略过，即使到陈寅恪，也有"吾侪所学关天命"的说法。孟子和韩愈所总结的中国道统，为读古书的人们所熟悉，这里咱们只是复习一下。韩愈和孟子之间的关系可能不仅是"道统"的传递。两人气质上应亦有所相同。苏轼《潮州韩文公庙碑》：

> 自东汉以来，道丧文弊，异端并起，历唐贞观、开元之盛，辅以房、杜、姚、宋而不能救。独韩文公起布衣，谈笑而麾之，天下靡然从公，复归于正，盖三百年于此矣。文起八代之衰，而道济天下之溺；忠犯人主之怒，而勇夺三军之帅：此岂非参天地，关盛衰，浩然而独存者乎？

这"浩然"二字来自孟子的"我善养吾浩然之气"。苏轼《潮州韩文公庙碑》说：

> 是气也，寓于寻常之中，而塞乎天地之间。卒然遇之，则王公失其贵，晋、楚失其富，良、平失其智，

贲、育失其勇，仪、秦失其辩。是孰使之然哉？其必有不依形而立，不恃力而行，不待生而存，不随死而亡者矣。故在天为星辰，在地为河岳，幽则为鬼神，而明则复为人。

这是一段感人至深的表述。由是，我们看出了苏轼本人与韩愈、孟子道统的相通——尽管苏轼更是一位儒释道兼通之人。由是，我们也看出一般宋儒对于韩愈道统的认同与绳系。宋儒由此倡孔孟，再往后，官员—文人—思想者们最终将宋化的儒学提升到国家哲学层面，这就是传道系统的延续。唐以后这样的精神气度影响到每一位真正的有质量的文人、诗歌作者。正是这样的精神气度严格区分了唐以来的中国古典诗歌与当下的所谓古体诗。诗不诗的不仅在于语言是否精简，词汇是否优雅、古奥，诗意是否噬心，诗格是否快意恩仇或者嬉笑怒骂或者块垒独浇或者空阔寂灭，当代古体诗即使守平仄、押古韵，而没有士子精神、儒家道统、道释之心，那和中国古典诗歌也是差着十万八千里。古人是无法冒充的。咱们只能活出咱们自己的容纳古人、与古人气息相通的当下、今天、现在、此刻。

前面说到安史之乱成就了杜甫的写作，而杜甫"诗圣"地位的确立应该与孟子、儒家道统的完全确立处于同一时期，至少不无关系。那么儒家思想是如何介入中国人的文学艺术创造的呢？钱锺书在《中国诗与中国画》一文中谈到中国人对诗与画有不同的评价标准，他说："在中国文艺批评的传统里，相当于南宗画风的诗不是诗中高品或正宗，而相当于神韵派诗风的画却是画中高品或正宗。旧诗或旧画的标准分歧是批评史里的事实。"[*]这里需要做一个小说明：钱锺书所谓"南宗画风"系指由明代画家董其昌和他的朋友莫是龙参考惠能的南宗禅而倡导和推动的文人写意绘画风格——所谓"一超直入如来地"——这种画风带有业余绘画的性质；而"神韵派诗风"则由清初渔洋山人王士禛所倡导和推动，主张诗应空寂超逸、不着形迹——按照钱锺书这个思路，我们可以推出，历史上人们以道家、禅宗标准评画，而以儒家标准评诗。因而杜甫被尊为"诗圣"。而"圣"在儒家表述系统里地位是最高的。但这一表述也可进一步展开并再做补充，因为文人画以前的中国绘画不一定符合道家、禅宗标准，而与道家、禅宗思想密切相关的文人画的登

---

[*] 钱锺书《中国诗与中国画》，见《七缀集》修订本，上海古籍出版社，1994年第2版，页27。

场，要迟至元代后期的1350年左右，甚至元代中期以前的绘画走的还是宋画的路子*。相较于几千年的大历史，文人画成形是比较晚近的事。换句话说，中国传统诗歌标准和传统绘画（文人画）标准的建立时间前后相差约五百五十年（苏轼虽言"论画以形似，见与儿童邻"，但在他生活的时代这还不是人们普遍接受的对绘画的看法）。我们必须注意到，中国古代的诗人们并非一边倒地倾向于儒家的艺术品味。在晚唐司空图所著《二十四诗品》中，位列第一的是与儒家品味相关的"雄浑"，其后便是"犹之惠风，荏苒在衣"的"冲淡"之品。在随后的诸品中，有十几品其实都可归入"冲淡"品。而严羽倡导诗歌的"妙悟"，更是"论诗如论禅"。虽然在《沧浪诗话》中他也要诗人们"以汉、魏、晋、盛唐为师，不做开元、天宝以下人物"，但在他做出"诗有别材，非关书也；诗有别趣，非关理也"的判断之后，中国人对于诗意的看法其实是有了一些变化的。清初王士禛主"神韵"，袁枚主"性灵"，弄得明代"文必秦汉，诗必盛

---

* 据石守谦《有关唐棣（1287—1355年）及元代李郭风格发展之若干问题》，见其《风格与世变：中国绘画十论》，北京大学出版社，2009年，页163。

唐"的前、后"七子"一个个笨拙老派的样子。到了今天，人们在谈论杜甫这样的儒家诗人的时候开始强调其次要的一面，例如其率意、意趣，甚至顽皮，例如"两个黄鹂鸣翠柳""黄四娘家花满蹊""桃花一簇开无主"等等。这样的诗句被娱乐化、生活化、去深度化的今人认为更能体现杜甫的本性，是杜甫更真实的一面——仿佛那个死里逃生又颠沛至死的杜甫反倒是刻意做出来的似的……但不管怎么说，杜甫被尊为"诗圣"就是儒家的胜利。而儒家真正的胜利竟然部分地是拜安史之乱所赐！有点倒霉的是自大狂李白。宋人"抑李扬杜"，影响至今。我们看今人的唐诗选本，杜甫的诗歌篇目总是多于李白。那么何谓儒家诗歌标准呢？《毛诗正义·诗谱序》中说："然则诗有三训：承也，志也，持也。作者承君政之善恶，述己志而作诗，为诗所以持人之行，使不失坠，故一名而三训也。"杜甫的不少诗篇确符合这入世的"三训"（尽管《诗谱序》所言之"诗"为《诗经》之"诗"）。而今人写诗，经过了"五四"、共产党教育，读过了西方、俄罗斯、拉美的浪漫派、现代派、后现代主义，以及哲学、社会理论、文化理论中的形式主义、结构主义、解构主义、女性主义、新历史主义、对西方的东方主义的批判、后殖民理论，以及政治哲学中的西方马克思主义、自由主义、无政府主义……面对这"三训",你一定会犹豫不决要否遵守,除非你铁了心,完全无视这一切。

肆 唐人的写作现场——诗人之间的关系

1979年人民文学出版社出版过一个薄薄的剧本,名为《望乡诗——阿倍仲麻吕与唐代诗人》,作者为日本人依田义贤,译者的名字忘记了。那时"文革"刚结束不久,国门也刚打开不久,中日友好是一个新鲜话题。借这一契机,日本遣唐留学生、后来成为唐朝高官的阿倍仲麻吕,在去世近一千二百年后忽然起死回生。我当时不是在上初三就是在上高一,在书店里买到这本《望乡诗》,同时也记住了李白一首不太有名的诗《哭晁卿衡》:

日本晁卿辞帝都,征帆一片绕蓬壶。
明月不归沉碧海,白云愁色满苍梧。

前面已经提到,"晁衡"是阿倍仲麻吕入唐后所取的汉名。他在开元五年(717年)十九岁时到达长安,入国子监学习,后来进士及第,到肃宗朝官至左散骑常侍兼安南都护、安南节度使。七十二岁逝于长安，被代宗皇帝追赠从二品潞州大都督。在长安，仲麻吕与王维、储光羲、李白、赵晔等都有交往。天宝十一年（752年）末，已入唐三十七年的仲麻吕获准随日本遣唐使藤原清河归国。玄宗皇帝特任命他为唐朝赴日本使节。诗人们则写诗为他送别。仲麻吕答以《衔命还国作》一诗，诗写得一般：

> 衔命将辞国，非才忝侍臣。
> 天中恋明主，海外忆慈亲。
> 伏奏违金阙，骈骖去玉津。
> 蓬莱乡路远，若木故园林。
> 西望怀恩日，东归感义辰。
> 平生一宝剑，留赠结交人。

不料翌年传来阿倍仲麻吕遇海难的消息，李白遂写下《哭晁卿衡》诗。但仲麻吕在经历了海上风暴、沉船、安南海盗、同伴几乎全部遇难的情况下，居然幸存下来，于天宝十四年（755年）六月，辗转回到长安。然而不待他喘息平定，十一月安禄山反，玄宗幸蜀，仲麻吕随驾。这也就是说，他亲历了马嵬坡六军不发、杨贵妃香

镇江阿倍仲麻吕诗碑

消玉殒的历史时刻。肃宗至德二年（757年），仲麻吕随驾玄宗归返长安时年已六十有一。

《望乡诗》本是阿倍仲麻吕海难后归返长安时读到李白《哭晁卿衡》后写下的一首诗的题目。依田义贤以之作为剧本的名字。依田义贤设计了一个长安诗人们为阿倍仲麻吕送别的聚会场景，长安城里的名流们都到场了。王维和李白都在，而且你一言我一语。很美好。不过，这却是虚构的。作者大概并不了解，在长安，李白和王维的关系相当微妙。现在我们打开电脑浏览新闻网页，会不时发现这个明星"手撕"那个明星，李白和王维虽不曾"手撕"过对方，但翻开他们的诗集，我们找不到这二人交集的痕迹。不错，阿倍仲麻吕既是王维的朋友也是李白的朋友；不错，孟浩然与王维、李白两人都有交往；不错，王维和李白都想赢得玄宗皇帝的妹妹玉真公主的好感（这种竞争真是很大的麻烦），但王、李之间似乎没有往来。* 大概的情况是这样的：安史之乱前，唐朝宫廷的诗歌趣味把握在王维手里。而李白是外

---

* 参见李亮伟著《涵泳大雅：王维与中国文化》，中华书局，2003年，页19；（美）宇文所安（Stephen Owen）著《盛唐诗》，贾晋华译，生活·读书·新知三联书店，2004年，页168。

来人，野小子。就像17世纪受古典主义剧作家高乃依、莫里哀、布瓦洛等人影响，法国国王路易十四的宫廷不接受"野蛮的"莎士比亚一样，大唐长安的主流诗歌趣味和宫廷诗歌趣味肯定对李白有芥蒂；这时的王维一定不喜欢李白。两个人甚至有可能相互厌烦，瞧不上。所以李白虽然得意，在贺知章的推举和玉真公主的引荐下见到了皇帝和杨贵妃，可是他自己在诗里说："时人见我恒殊调，闻余大言皆冷笑。"另外，李白《梦游天姥吟留别》诗结尾处的道德名句"安能摧眉折腰事权贵"，一定有所指向。那么他指向的是谁呢？不会是王维吧！或者还包括高力士！这首诗被收入《河岳英灵集》。该书编者殷璠在诗集《叙》中交代所收人物作品"起甲寅（开元二年，714年），终癸巳（天宝十二年，753年）"，也就是说《梦游天姥吟留别》（载《河岳英灵集》本诗题《梦游天姥山别东鲁诸公》）作于安史之乱之前。李白在长安的日子不见得好过。其时与之密切来往的人，可能除了贺知章，再就是几个同样是外来人、同样想在长安谋发展的青年诗人，还有书法家和诗人张旭等。王维一定不喜欢李白。李白的性格、才华成色和精神结构跟王维很不一样。首先他们的信仰就有巨大差异。王维信佛教，其母亲追随北宗禅神秀。而李白虽是儒家的底色，但深受

河岳英靈集

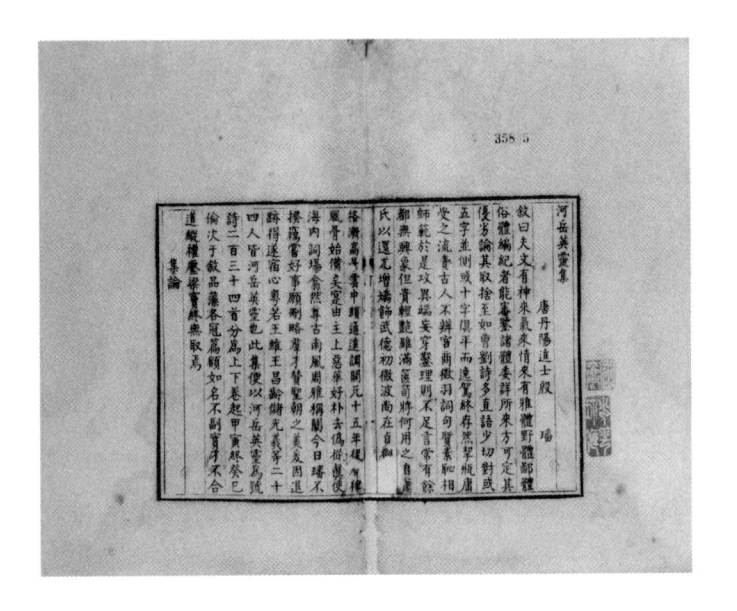

唐丹陽進士殷璠

敍曰夫文有神來氣來情來有雅體野體鄙體
俗體編紀者能審鑒諸體委詳所來方可定其
優劣論其取捨至如曹劉詩多直語少切對或
五字並側或十字俱平而逸駕終存然挈瓶庸
受之流誉古人不辯宜喻徹羽詞句質素恥相
師範於是攻異端妄穿鑿理則不足言常有餘
都無興像但貴輕艷雖滿篋笥將何用之自蕭
氏以還尤增媌媚武德初微波尚在貞觀
末標格漸高景雲中頗通遠調開元十五年有德
聲始備美實由主上惡華好朴去偽從眞使
海內詞場翕然尊古南風周雅稱闡今日璠不
揆譾昧輒者事蹟朝推者才寶聖朝之美及因退
迹得遂宿心覽省諸家詩旣博採近體觀王昌齡儲光羲等二十
四人皆河岳英靈也此集便以河岳英靈爲號
詩二百三十四首分爲上下卷起甲寅終癸巳
倫次于敘品藻各冠篇額如名不副實才不合
道縱權梁寶終無取焉
集論

道教影响。陈寅恪说道教起源于滨海地区,因此李白写"日月照耀金银台",全是海市蜃楼的景观。他的想象力、思维方式,跟王维没法分享。第二,李白这个人早年好任侠,喜纵横术,据说曾经"手刃数人"。他在诗里说:"十步杀一人,千里不留行""三杯弄宝刀,杀人如剪草""笑尽一杯酒,杀人都市中"——看来他关心杀人这件事,但也没听说他为"手刃数人"吃过官司。要么是他跑得快,逃离了现场;要么是他做生意的父亲李客有钱,摆平了官司;要么是他吹牛皮——他喜欢吹。李白后来在长安飞扬跋扈,喝起酒来一定是吆五喝六,这样的人别说王维受不了,一般人都受不了。第三,李白的诗歌充满音乐性,宛如语言的激流,这语言激流有时喷射成无意义言说,让我们感受到生命的灿烂。太迷人了。而王维是千古韵士,兰心蕙质,涵泳大雅。其早期诗歌亦有英豪之气,边塞诗也写得好。他认出了陶渊明的不凡,但又把《桃花源记》改写成了游仙诗《桃源行》。对美术史感兴趣的人一定知道,王维也是大画家。这也就是说王维诗歌中包含了20世纪英国诗人T.S.艾略特所强调的视觉想象力。可惜做文学史的人不了解王维的绘画,做美术史的人又只关心王维诗中与绘画有关的部分。郭若虚《图画见闻志》卷五载有一首王维的自述诗:

宿世谬词客，前身应画师。

不能舍余习，偶被时人知。

日本圣福寺藏有一幅相传是王维所画的《辋川图》，大阪市立美术馆收藏的《伏生授经图》据传也是王维所作。从这两幅很有可能是后人临仿的图画判断，王维心地精细，很是讲究。黄庭坚谓"王摩诘自作《辋川图》，笔墨可谓造微入妙"。（明毛晋编《山谷题跋》卷之三）而我在北京故宫武英殿拜观过李白唯一的存世真迹《上阳台帖》："山高水长，物象千万，非有老笔，清壮何穷。十八日上阳台书。太白。"黄庭坚也见过李白手稿："及观其稿书，大类其诗，弥使人远想慨然。白在开元、至德间，不以能书传，今其行草殊不减古人，盖所谓不烦绳削而自合者欤？"（《山谷题跋》卷之二）仅从视觉上我们就能直接感觉到李白、王维截然不同的气质。当时拜观诗仙书迹，目惊心跳，直如登岱岳，眺东海，太伟大了！一股子莽荡苍郁之气扑面而来。诗人与绘画或者更广范围的视觉艺术的关系（暂不提诗人与音乐、舞蹈等其他门类艺术的关系），值得我们认真探讨。很多诗人的才华不只限于诗歌写作。换句话说，他们的才华，至

李白《上阳台帖》（藏北京故宫博物院）

传王维作《辋川图》（绢本，现藏日本圣福寺）

传王维作《伏生授经图》（藏日本大阪市立美术馆）

少识见,常常溢出诗歌的领土,并且受益于这种"溢出",而仅仅囿居于诗歌领土的诗人们看来其才华只是捉襟见肘地将将够用——这还是往好里说。话既然说到这里,我们就可以顺带提一下杜甫和绘画的关系:杜甫除了在《解闷》组诗中尊王维为"高人",他在其他诗篇中提到和评论过的同时代的画家有:吴道子、江都王李绪、杨契丹、薛稷、冯邵正、曹霸、韩幹、郑虔、韦偃、王宰等。他对于视觉艺术的兴趣之浓不下于19世纪法国的象征主义诗人波德莱尔。

一旦了解了一个时代诗人们之间的看不惯、较劲、矛盾、过节儿、冷眼、反目、蔑视、争吵,这个时代就不再是死一般的铁板一块,就不再是诗选目录里人名的安静排列,这个时代就活转过来,我们也就得以进入古人的当代。伟大的人物同处一个时代,这本身令人向往。但他们之间的关系也许并不和谐。这一点中外皆然:同处意大利文艺复兴时代的达·芬奇和米开朗琪罗两人就互相瞧不惯;20世纪美国作家福克纳和海明威之间也是如此。这种情况还不是"文人相轻"这个词能够简单概括的。但文人之间如果不相轻,而是相互推重,相互提携,那么一个时代的文化风景就会被染以浓墨重彩。18世纪末19世纪初德国歌德与席勒在魏玛的合作在很大程度上塑造了德国的浪漫主义文学（尽管两人管自己的写作叫"古典主义"）。在唐代，李白与杜甫的友谊也是千古佳话。杜甫诗《与李十二白同寻范十隐居》说他俩"醉眠秋共被，携手日同行"。我们前面提到过的美国20世纪垮掉派诗人、同性恋者金斯伯格据此断定李杜两人有同性恋关系！——过了。杜甫写有两首《赠李白》，两首《梦李白》，以及《不见》《冬日怀李白》《春日怀李白》《天末怀李白》等。他在《饮中八仙歌》中对李白的描述"李白一斗诗百篇"，以及《赠李白》中的"飞扬跋扈为谁雄"，为我们留下李白形象的第一手资料。李白横行的才华和他所呈现的宇宙，一定让杜甫吃惊、大开眼界，获得精神的解放，使之看到了语言的可能、诗歌的可能、人的可能。我没见古今任何人谈到过李白对杜甫的影响，只常见抑李扬杜者的偏心。中唐元稹可能是较早比较李杜诗风与诗歌成就的人，他在《唐故工部员外郎杜君墓系铭并序》中说：

> 时山东人李白亦以奇文取称，时人谓之"李杜"。余观其壮浪纵恣，摆去拘束，模写物象，及乐府歌诗，诚亦差肩于子美矣。至若铺陈终始，排比声韵，大或千言，次犹数百，词气豪迈而风调清深，属对律切而脱弃凡近，则李尚不能历其藩翰，况堂奥乎！

这大概是后来宋人抑李扬杜的先声。杜甫本人应该不会同意。现代诗人、学者闻一多在他那本有名的《唐诗杂论》中收有一篇名为《杜甫》的专论。在这篇文章中，闻一多认为杜甫一开始是被"仙人李白"所吸引，后来发现了李白仙人一面的"可笑"。闻一多在此是以杜甫为中心讨论问题的。他可能一时忘记了李白比杜甫大十一岁，在杜甫对李白的看法中不可能不包括年龄的差异对杜甫的影响，他看李白一定是以综合的眼光，而不会头脑"清醒"到只仰慕仙人李白而对诗人李白无所感受。肃宗乾元元年（758年）李白五十八岁踏上流放夜郎之途，杜甫在蜀中闻讯遂写下《不见》一诗："不见李生久，佯狂真可哀。世人皆欲杀，吾意独怜才。"杜甫与李白的关系不同于李白与王维的关系：李白在当时虽然神话在身，但并不是王维那样的可以左右宫廷趣味的诗歌权威。套用阿根廷作家博尔赫斯认为莎士比亚不是典型的英语作家、塞万提斯不是典型的西班牙语作家、雨果不是典型的法语作家的说法：李白在生前并不是典型的唐代长安诗人。其实明代胡应麟在《诗薮》中早就说过类似的话："超出唐人而不离唐人者，李也。"对王维而言，李白是一个挑战者，但杜甫并不是李白的挑战者。他们是同道。所以胡应麟紧接着刚才那句评论李白的话之后又说："不尽唐调而兼得唐调者，杜也。"杜甫虽未与李白同时居长安，但他像李白一样也是长安诗坛的外来者，所以两人之间会有认同感。有趣的是，杜甫对王维并无恶判，前面提到他曾推王维为"高人"。其作于大历元年（766年）的诗《解闷十二首》（其八）云："不见高人王右丞，蓝田丘壑蔓寒藤。最传秀句寰区满，未绝风流相国能。"——这里的"相国"说的是王维的弟弟王缙，在代宗朝做到宰相。此外，也许更重要的是，杜甫认识李白时自己还不是"诗圣"，安史之乱还没有爆发，杜甫还没有成为真正的杜甫。杜甫是横霸古今的大才，他一定知道李白是开拓性的诗人，他自己也是。殷璠言李白《蜀道难》"可谓奇之又奇，然自骚人以还，鲜有此体调也"。胡应麟《诗薮》言杜甫"凡所歌行，率皆即事名篇，无有依傍"。我在此斗胆猜测一下：杜甫如果不曾成为李白的朋友，那么杜甫的创造力后来也许会以另一种风格呈现。一个强有力的人对另一个强有力的人的影响不一定履行大李白生出小李白的模式（世间有太多大齐白石生出的小齐白石混吃混喝），而很有可能是，接受影响的一方被面前这个庞然大物推向了另外的方向，最终成为他自己，成为另一个庞然大物。而这个最终成为了自己的人心里明白，他是以他不同于影响施加者的成就向影响施加者或宇宙开启者致敬。李白和杜甫，两颗大星，运行轨道有所交会，这是世界诗歌星空的奇观，但两个人其实又是不同的。闻一多甚至断言："两人的性格根本是冲突的。"——可能话说得有点过分：两人的性格虽然不同，但并不一定非要"冲突"。比较起来，杜甫是儒家，其诗歌根源于中原的正统气象，与现实社会紧密结连。如果说李白的想象力方式来自海水、海市蜃楼，那么杜甫的想象力方式则是来自土地、土地上万物的生长与凋零。前面我们说到，杜甫比李白年龄小约一轮。所以李白可以笑话、戏弄杜甫，而宽仁的、尚未成为杜甫的杜甫也不以为意。晚唐孟启《本事诗》"高逸第三"载李白诗：

饭颗山头逢杜甫，头戴笠子日卓午。
借问别来太瘦生？总为从前作诗苦。

宋代计有功《唐诗纪事》卷第十八、《全唐诗》卷一八五亦载此诗。从这首信口而出的小诗我们可以感受到李、杜之间关系的融洽，因为只有融洽的关系才能包纳戏谑。当然另一方面我们在此也能感受出他们二人写作方式和作品质地的不同：李白诗是音乐性的，而杜甫诗是建筑性的。杜甫和李白的才华性质并不一样，但两个人的高度是一样的。杜甫认出了李白，就像后来的元稹、韩愈认出了杜甫，杜牧、李商隐认出了韩愈。这首小诗不见于李白诗集，有人说这是好事者所为，是伪作，不过这至少是唐代的伪作。欧阳修《诗话》谓"太瘦生"三字"唐人语也"。我们借此想象一下李、杜的关系，至少中唐或晚唐人对李杜关系的猜想，也是有趣的。考虑到那时信息传递速度的缓慢，以及主流诗歌趣味尚未经过安史之乱的颠覆，所以，尽管杜甫在长安文坛也很活跃，已经写下了一些重要的诗篇，但其名气依然有限，不得入同时代的诗歌选本《河岳英灵集》。这也就是说直到安史之乱前，杜甫的重要性还没有完全展现出来；要等到他死后三十年他才被接受为顶天立地的人物。

杜甫的位置一旦确立，杜甫和李白一旦被经典化、坐标化为"李杜"，其后人就会被置于美国人哈罗德·布鲁姆所说的"影响的焦虑"之中。安史之乱以后，唐朝那些对文化秩序不满，并且自视不俗的文人们中间，一定有一些人在振振有词地诋毁李、杜，否则中唐韩愈不会写下这样的诗句："李杜文章在，光焰万丈长。不知群儿愚，那用故谤伤。蚍蜉撼大树，可笑不自量。"（也有人认为韩愈这样写是为了反击他那个时代的抑李扬杜之风；他将李、杜两人相提并论，并且将李白置于杜甫之前。）韩愈认识李、杜的伟大说明他自己也是伟大之人。而且他不认为本朝的前代伟人会妨碍自己的伟大，正如苏轼所说："追逐李杜参翱翔。"他要努力加入李杜的行列。今天的文学史一般对唐代最伟大诗人的排序是李白、杜甫、白居易，或者再加上王维，但几乎没有人将韩愈纳入这个序列。这大概是受了"五四"思维，尤其是周作人等将韩愈等古文八大家、桐城派古文、八股文等一锅烩，且将这些"谬种"与六朝诗文对立起来的观点的影响。但宋人不像周作人这样看问题。宋人张戒在《岁寒堂诗话》卷上里将李白、杜甫和韩愈并列在一起。他认为这三人"才力俱不可及"。尽管他在三人中依然做出了排序，即杜甫、李白、韩愈，但他对韩愈算是仰视到脖子酸痛了。他说：

> 退之诗，大抵才气有余，故能擒能纵，颠倒崛奇，无施不可。放之则如长江大河，澜翻汹涌，滚滚不穷；收之则藏形匿影，乍出乍没，姿态横生，变怪百出，可喜可愕，可畏可服也。

苏轼的弟弟苏辙甚至认为："唐人诗当推韩、杜。"（《岁寒堂诗话》卷上）——连李白都被排除在外了！这当属相当极端的意见。不过这种看法也许其来有自。我在杜牧的集子里读到一首名为《读韩杜集》的诗：

> 杜诗韩集愁来读，似倩麻姑痒处抓。
> 天外凤凰谁得髓，无人解合续弦胶。

——为什么是把这两个人放一起读？难道在杜牧所生活的晚唐就有"韩杜"的说法？清代叶燮《原诗·内篇》云："唐诗为八代以来一大变，韩愈为唐诗之一大变，其力大，其思雄，崛起特为鼻祖。宋之苏、梅、欧、苏、王、黄皆愈为之发其端，可谓极盛。"令我们好奇的是，既然韩愈如此重要，与之同朝为官的元稹、白居易究竟怎样看他。白居易可是《长恨歌》和《琵琶行》的作者，在当时也是文坛领袖，而且在老百姓中的知名度可能比韩愈还高。在白居易致元稹的书信中，他提到："自长安抵江西三四千里，凡乡校、佛寺、逆旅、行舟之口，往往有题仆诗者；士庶、僧徒、孀妇、处女之口，每有咏仆诗者。"（《与元九书》）元稹则在《白居易集》序中说："予尝于平水市中见村校诸童竞习歌咏，召而问之，皆对曰：'先生教我乐天、微之诗。'"当然这些都是元、白自己的说法，韩愈圈子里的人——孟郊、张籍、皇甫湜等——若讲起那个时代人们对诗歌的接受也许会另有侧重。所以若说韩白两人关系微妙，一点不会让人惊讶。比较看来，韩愈是正宗儒家，不同于香山居士白居易。长庆二年（822年）一场春雨过后，韩愈曾邀张籍、白居易等同游曲江。看来是被白居易婉拒了。韩愈于是写下《同水部张员外籍曲江春游寄白二十二舍人》：

> 漠漠轻阴晚自开，青天白日映楼台。
> 曲江水满花千树，有底忙时不肯来？

白居易那么一个爱玩的人，也没什么要紧事，可就是没去，遂作《酬韩侍郎张博士雨后游曲江见寄》：

> 小园新种红樱树，闲绕花行便当游。
> 何必更随鞍马队，冲泥踏雨曲江头。

一般人的印象是韩愈、白居易两人之间没有往来之诗，其实是有的，但仅此一回。两首诗均收在各自的集子里。白居易有虚无主义精神，能从虚无中获得快意，看重人生的享受。他专门写有一类被他自己称作"闲适诗"的作品。在《草堂记》一文中，白居易说："噫！凡人丰一屋,华一簦,而起居其间,尚不免有骄矜之态。今我为是物主,物至致知,各以类至,又安得不外适内合,体宁心恬哉?"与白居易相比,韩愈是一个焦虑得多的人。白居易、元稹都是老清新。虽然他们俩和韩愈都认出了杜甫,都从杜甫处有所获得,但韩愈为现实考虑更要回归中华道统,故倡"文以明道"(北宋周敦颐《通书·文辞》始用"文以载道"),让今日无道可明,只好认"诗言志"为最高写作纲领的人们觉得不舒服。韩愈的诗歌语言与白居易浅白的语言正好相反,是硬的,所谓"横空盘硬语,妥帖力排奡"。他喜欢押仄韵、险韵。他的诗文多叙事,而凡是注重叙事的人都是致力于处理问题和当下的,可能也因此他以文为诗,而凡是以文为诗的人都是要给诗歌带来解放的:陶渊明、华兹华斯、惠特曼。于是在某些诗篇中韩愈的语言重而笨,反倒不是一般的写法,尤其不是后来晚唐诗人的一般写法。诗人欧阳江河认为韩愈的诗里充满物质性,我想这大概是因为韩愈的诗歌书写是儒家的,而不是禅宗、道家的。我们到今天似乎已经忘记了还有一套儒家诗学的存在。而韩愈作为一个文人、一个诗人的重要性,白居易不可能一无所知。白居易的好友刘禹锡在《祭韩吏部文》中说韩愈:"手持文柄,高视寰海……三十余年,声名塞天。"韩愈在今天是一个没有被充分估量的诗人,他本应该比他现在一般《唐诗选》中所占的比重更大。韩愈诗歌对今人来说有其特殊的意义,他提供了一种与喝过太多鸡汤的白领、小资、文艺青年、大学生、研究生们舒服接纳的美文学相反的美学趣味。举个例子,《八月十五夜赠张功曹》:

纤云四卷天无河,清风吹空月舒波。
沙平水息声影绝,一杯相属君当歌。
君歌声酸辞且苦,不能听终泪如雨。
洞庭连天九疑高,蛟龙出没猩鼯号。
十生九死到官所,幽居默默如藏逃。
下床畏蛇食畏药,海气湿蛰熏腥臊。
昨者州前捶大鼓,嗣皇继圣登夔皋。
赦书一日行万里,罪从大辟皆除死。
迁者追回流者还,涤瑕荡垢清朝班。
州家申名使家抑,坎轲只得移荆蛮。
判司卑官不堪说,未免捶楚尘埃间。
同时辈流多上道,天路幽险难追攀。
君歌且休听我歌,我歌今与君殊科。
一年明月今宵多,人生由命非由他,

有酒不饮奈明何?

像"赦书一日行万里,罪从大辟皆除死"这样对历史事件的直接陈述,一般人会认为不宜入诗,因为它不够"诗意",既不是寓情于景,也不是含蓄表白,也不是激情燃烧,也不是妙趣独得。像"下床畏蛇食畏药,海气湿蛰熏腥臊"这样的诗句,在今人的诗歌里根本看不到,因为这里表现出的诗歌趣味是反诗歌的,邪性,蛮横,污浊,气味不好,这么写诗的韩愈岂非病态!但韩愈可是宗师级的大文人,他比我们更懂得"斯文"的含义。李商隐《韩碑》诗说:"公之斯文若元气。"韩愈以文字处理当下生活的涉险勇气和杂食胃口深刻打击着我们这周作人、林语堂、张中行化了的,晚明小品化了的,徐志摩化了的,以泰戈尔为名义的冰心化了的,张爱玲化了的文学趣味。韩愈要是活在今天,肯定会蔑视我们。这一闪念让我不寒而栗。周作人以韩愈作为卫道士的代表,批判韩愈"载道"和"做作",但当他如此贬损韩愈之时,他其实也是在贬损仰慕韩愈的杜牧、刘禹锡、李商隐、苏轼、苏辙等人。周作人这样做有点像王维回身跳过安史之乱的大泥潭跑到中唐去骂韩愈。而一旦日本人到来,选择与之合作的周作人的处境竟与曾出任安禄山伪职的王维略有相似；到这时，他才尴尬地意识到，韩愈对中华文化的意义不是他周作人可以撼得动的——这是顺便说到的话。

初看，古代这些构成我们文学坐标的人物，他们都一个样。我们有此感觉是因为古文死去了，不是我们的语境了。但你若真进到古人堆儿里去看看，你就会发现他们每个人之间的差别很大：每个人的禀赋、经历、信仰、偏好、兴奋点都不一样。他们之间有辩驳，有争吵，有对立，有互相瞧不上，当然也有和解，有倾慕，因为他们都是秉道持行之人。只有看到这一点时，古人才是活人。但自古汉语死掉以后，他们统一于他们的过去时，他们成了长相一致的人，都是书生，都是五七言律绝，或者排律、歌行，都押韵，都用典。但其实他们各自长得并不一样。中国古人也千差万别，像今人一样，尽管他们的写作是类型化的，是现代文明还没有兴起以前的写作。

伍 晚唐诗 - 李渔的说法 - 窝囊,别扭的写作

我讨论了李白、杜甫和韩愈。我知道今人中会有人既不喜欢这几个人，也不喜欢我讨论他们的方式。而有趣的是，古人中亦有不快于我的工作、见解者。清代袁枚在其《随园诗话》卷五中这样说："抱韩、杜以凌人，而粗脚笨手者，谓之权门托足。"——这是在骂我了，尽管我没有要"凌人"的意思，而只是想把一些本该说清楚的事说清楚。大才子袁枚不懂的是，"粗脚笨手者"中不乏历史开创者和文化开拓者，反倒是他那样的性情中人、搞点小颠覆的精雕细刻之手，多属吃文化现成饭者，他们具有充足的文化合法性，搞好了能成为半个"集大成者"。祝贺。但真正的集大成者则需要一种容纳非法趣味的、强健的文化胃口和处理当代生活的能力。当然袁枚也没有一味回护细弱的文化胃溃疡们。他说："仿王、孟以矜高，而半吞半吐者，谓之贫贱骄人。"联系到他所说的"诗贵淡雅"，看来他认为自己才是王、孟的真正继承者——没想到在这里我跟袁枚杠上了(这引出了我的第二个"没想到":为了看清当代问题,我们居然不得不把问题上溯到如此久远的过去)。但既然孟郊"谓言古犹今",那么这也就没什么。我讨论韩、杜的方式,应该是袁枚所不了解的。抱歉,吾生也晚,且诗歌趣味与袁枚不同,我看中诗人的创造性,而这样的创造性包含了诗人指涉历史,对于活生生的、喧嚣的社会生活的吞吐能力,以及在此背景下呈现和构思自我的能力。在《随园诗话》卷三中,袁枚透露,他的前辈,清初王士禛不仅不喜欢李、杜、韩,连白居易也在他的兴趣之外,只是"因其名太高,未便诋毁"。袁枚对王士禛的评价是:"先生才本清雅,气少排奡,为王、孟、韦、柳则有余,为李、杜、韩、苏则不足也。"(《随园诗话》卷二)既然大才子王士禛才有不逮,那么袁枚亦当有其盲瞽之处。袁枚露怯而自信地表示他对杜甫卓绝千古的《秋兴八首》并不感冒:"余雅不喜杜少陵《秋兴八首》,而世间耳食者往往赞叹,奉为标准……此八首不过一时兴到语耳,非其至者也。"(《随园诗话》卷七)似袁枚这等印象式批评,实无有对错,个人才调、性情、财产、地位、社会生活环境、所居山水气候、历史时段使然也。袁枚在面对《秋兴八首》时的露怯,表明他也才有不逮:他除了跟孔夫子叫板，收集下一堆怪力乱神的《子不语》作为茶余饭后的谈资，大胆教了几个不上道的女弟子，成为文人雅士中妇女解放者的同路人，其实也没写出什么了不得的东西。那就让他闹吧。对当代那些平庸又自视不俗且好出语惊人的印象式批评，我也持这个态度。

我承认，在阅读理会唐诗时我并非没有盲点。我的盲点是晚唐诗。我并非不知道杜牧、李商隐、温庭筠的大名，并非不能背诵他们的部分作品，我也读过许浑、皮日休、陆龟蒙、聂夷中、杜荀鹤、罗隐、贯休和尚、韦庄、韩偓等人的作品。我也知道而且没有按照今人的趣味来理解黄巢的"满城尽带黄金甲"。但我承认，我对晚唐诗缺乏理解，更谈不上受到其影响。我想我还没有找到进入晚唐的正确途径。因为缺少自己的发现，我在多数情况下就只能重复别人的见解。南宋陆游在《花间集跋》中说："诗至晚唐，气格卑靡。"——我信。清人何文焕在《唐律消夏录》的评语中说："五律至中、晚，法脉渐荒，境界渐狭。徒知炼句之工拙，遂忘构局之精深。"——我信。现代学者龙榆生在《中国韵文史》中说："晚唐人诗，惟工律绝二体；不流于靡弱，即多凄厉之音，亦时代为之也。"——我也信。一般说来，晚唐诗歌的题材不外乎废城荒殿、残花败景、夕阳冷雨、山林渔樵、乖舛人生、离愁别绪、伤心怀古。其情调，多哀伤凄美，韵味悠长，间有脂粉气；其写法，多从琐细处着眼，多用典，对仗工细，讲究语言的音乐修养，耽于游戏文章——这都是别人的说法，我姑且都接受。曾见有人借西方文学中象征主义的视角讨论李商隐，仿佛李商隐是法国波德莱尔、马拉美、兰波、魏尔伦那帮人中的一个。我虽然觉得这种号称学术、拿西方概念套中国的人与事的做法总有可疑之处，但也姑且就这么接受了。在我读到的对晚唐诗的看法中最有趣的看法来自明末清初的戏剧家李渔。他在《闲情偶寄·声容部》中的"文艺"一节中说：

> 欲令女子学诗，必先使之多读，多读而能口不离诗，以之作话，则其诗意诗情，自能随机触露，而为天籁自鸣矣。至其聪明之所发，思路之由开，则全在所读之诗之工拙。选诗与读者，务在善迎其机。然则选者维何？曰：在平易尖颖四字。平易者，使之易明且易学；尖颖者，妇人之聪明，大约在纤巧一路，读尖颖之诗如逢故我，则喜而愿学，所谓迎其机也。所选之诗，莫妙于晚唐及宋人。初、中、盛三唐，皆所不取；至汉魏之诗，皆秘勿与见，见即阻塞机锋，终身不

敢学矣。此予边见，高明者阅之，势必哑然一笑。然予才浅识隘，仅足为女子之师，至高峻词坛，则生平未到，无怪乎立论之卑也。

这段话令我心情大好！他所谓"所选之诗，莫妙于晚唐及宋人。初、中、盛三唐，皆所不取；至汉魏之诗，皆秘勿与见"，着着实实是在与严沧浪"不做开元、天宝以下人物"的说法唱对台戏了，这里透露出关乎传统诗歌阅读与批评的许多信息。对于今日晚唐诗的爱好者们，无论男女，李渔的这段高见一定会令他们哭笑不得。这里，李渔虽然狡猾地自谦了一下，说自己"才浅识隘"，但我们能看出他给出他"独到"观点时的洋洋自得。他从戏剧家的角度看诗歌，以娱乐的、业余的方式阅读诗歌，果然不同凡响！他把晚唐诗与女子阅读联系在一起，无意间既公开了一些晚唐诗本身的秘密，又顺带挤兑了一下所有晚唐诗的爱好者们。此外，他如此怜惜、照顾"女子"的阅读趣味，却又是十足地站在男性中心论的立场上，从智力上轻视女子，这定为当今女性主义者们所不容。那么，在李渔所说到的晚唐诗中包括杜牧、李商隐的作品吗（包括温庭筠、韩偓的作品倒可以理解）？"女子们"能够接受杜牧和李商隐的别扭和窝囊吗？宋以降人们普遍推重李商隐为晚唐最重要的诗人，其作品隐晦、复杂、多用典、常伤悼、靡丽、雕琢、忧郁、眷恋、"夕阳无限好"，这些品质的确代表了晚唐诗的一部分特色与内容，可是李商隐的杰出绝不仅限于此，至少绝不仅限于北宋初西昆体杨亿、刘筠、钱惟演这一班人所理解的李商隐。而北宋末南宋初的韩驹、南宋杨万里及"永嘉四灵"等为反对北宋上溯杜韩的、艰涩的江西诗派，都倡导返回晚唐诗（韩驹本是江西诗派，杨万里本宗江西诗派），但看来也没能再造出李商隐、杜牧，甚至许浑那样的诗人。一般说来，凡不喜李、杜、韩的读者和作者，都会欣赏晚唐诗。可是晚唐诗人们并不自认为与盛唐、中唐的诗人们处于敌对状态，李商隐甚至部分地自杜甫而来，他的五言排律始终在向杜甫看齐。他早年对韩愈的诗文也曾下过一番功夫，否则他不会写出《韩碑》这样的"韩愈体"诗篇。这首诗在清代纪晓岚看来"笔笔超拔，步步顿挫"。那么究竟应该怎样理解"夕阳无限好"的李商隐呢？况且，我们若以李商隐作为标准晚唐诗人的话，我们对于杜牧的诗歌、文章就会失明。《新唐书·杜牧传》言："牧刚直有奇节，不为龌龊小谨，敢论列大事，指陈病利尤切至。"我对晚唐诗虽然思考不多，感受不深，但晚唐诗里呈现出的一些值得关注和讨

牧大和三年佐故吏部沈
公江西幕好年十三始
以善歌舞来乐籍中
后一岁公镇宣城复置
好好于宣城籍中后二年
沈著作述师以双鬟纳

杜牧书《张好好诗并序》（局部）

论的问题我还是看到了。我们还是先从杜牧说起。他比李商隐大十三岁。

2013年4月我曾赴扬州参加第一届国际诗人瘦西湖虹桥修禊。在一个小码头上我看到一块新立的石碑，上面镌刻着毛泽东手书的杜牧诗《寄扬州韩绰判官》：

青山隐隐水迢迢，秋尽江南草未凋。
二十四桥明月夜，玉人何处教吹箫。

与李商隐相比，杜牧其实是一个明亮的人。这首尽人皆知的诗虽取时在夜晚，但一点也不晦暗。它应该是李渔愿意拿给"女子"看的诗。但不知他会否在出示这首诗的同时也出示一下杜牧二十三岁时写下的《阿房宫赋》：

六王毕，四海一，蜀山兀，阿房出。覆压三百余里，隔离天日。骊山北构而西折，直走咸阳。二川溶溶，流入宫墙。五步一楼，十步一阁；廊腰缦回，檐牙高啄；各抱地势，钩心斗角。盘盘焉，囷囷焉，蜂房水涡，矗不知其几千万落。长桥卧波，未云何龙？复道行空，不霁何虹？高低冥迷，不知西东。歌台暖

清代袁江作《阿房宫图》（现藏北京故宫博物院）

响，春光融融；舞殿冷袖，风雨凄凄。一日之内，一宫之间，而气候不齐。

只这《阿房宫赋》的第一段就令我略微困惑：杜牧究竟有几个侧面？在这里，我们看到青年杜牧高强的空间想象力和历史想象力以及精彩的叙述铺陈能力（意大利当代作家卡尔维诺的《隐形城市》在空间虚构方面也不过如此）。当然他的想象力肯定与他的阅读有关。我在此强调他的想象力，是因为当代考古学者李毓芳教授带领考古队经过数年发掘后得出结论：秦代阿房宫根本就没有建成。而杜牧想象出的阿房宫却壮丽得如同海市蜃楼。但是，这依然不是杜牧豪宕之才与济世关怀的全部。杜牧这个人，居然还是春秋孙武子兵书的注者之一。翻阅《十一家注孙子》，我们会知道，在从三国曹操到宋代诸公的十一家注者当中，杜牧的注文最好，最有见地，最博学丰赡。作为诗人、书生的杜牧，虽无实战经验，却当得起军事学家的头衔。《孙子·谋攻》篇中的大名言"知己知彼者，百战不殆"杜牧注曰：

> 以我之政，料敌之政；以我之将，料敌之将；以我之众，料敌之众；以我之食，料敌之食；以我之地，

料敌之地。校量已定，优劣短长皆先见之，然后起兵，故有百战百胜也。

《孙子·虚实》篇曰："能因敌变化而取胜者，谓之神。"杜牧注曰：

> 兵之势，因敌乃见，势不在我，故无常势。如水之形，因地乃有，形不在水，故无常形。水因地之下，则可漂石；兵因敌之应，则可变化如神者也。

在落笔写下这些阐发《孙子》的文字时，杜牧胸中一定藏着千军万马、千岩万壑。那么这位杜牧与那个写"二十四桥明月夜"的杜牧是什么关系？是一个人吗？既然是一个人，则此人真正是亦文亦武，亦刚亦柔了，那么他的精神疆域究竟有多大？杜牧论文与常人不同，他竟以兵家之语论之。在《答庄充书》中他说："凡为文以意为主，气为辅，以辞彩、章句为之兵卫……四者高下圆折，步骤随主所指，如鸟随凤，鱼随龙，师众随汤武，腾天潜泉，横裂天下，无不如意。"这是典型的晚唐人的口气吗？他是生错了时代吗？按常理，一个深怀英雄抱负的人，若不能驰骋于时代，其英雄气短、英雄无用武之地的窝囊之感得有多么强烈！杜牧有时游戏笔墨，而当此时刻，他会感到另一个杜牧在注视他吗？他会心有不甘吗？抱负不得伸展，仕路不畅，世事艰难，他本应向颓靡靠拢，但从他的诗文集看，他虽喜游宴逸乐，为人不拘小节，却不曾倒向颓靡，那么他的神经得有多粗壮！杜牧生活的时代，白居易、元稹的影响正如日中天，但在《唐故平卢军节度巡官陇西李府君墓志铭》中，杜牧曾借李戡之口批评元、白某些诗作"纤艳不逞，非庄士雅人，多为其所破坏"。白居易也赶上了牛李党争。从政治上说，杜牧与白居易同属牛党，但杜牧就是不喜白居易的浮薄。杜牧的远祖杜预是西晋著名政治家和学者。曾祖杜希望为玄宗时边塞名将，雅好文学。祖父杜佑，是中唐政治家、史学家，先后任德宗、顺宗、宪宗三朝宰相，一生好学，博古通今，著有《通典》二百卷。父亲杜从郁官至驾部员外郎。杜牧曾这样形容自己的家族门第："旧第开朱门，长安城中央。第中无一物，万卷书满堂。"这样的家庭出身会令他傲视群伦，但他不幸生活在牛李党争的时代，左右不是人。人们一般把他划入牛僧孺一党，但他在李德裕为相之际也曾积极上书条陈政见，期望被采纳。他曾历任刺史，最后官至中书舍人，官运不算潦倒，但也称不上得意。杜牧最终一定是怀着失望离去的。不过他的状况还是比李商隐好些。而本来受知于令狐楚，应该属于牛党的李商隐偏偏娶了李党官僚王茂元的女儿为妻，被令狐楚之子令狐绹厌憎，视之为背叛之徒，而李党又以其祖尚浮华、不循礼法，因不予提拔，致其终身沉沦下僚，这让李商隐感到窝囊得不行。名义上他和杜牧党属不同，但他曾以同道的口吻写到杜牧：

高楼风雨感斯文，短翼差池不及群。
刻意伤春复伤别，人间唯有杜司勋。

这是李商隐的《杜司勋》一诗，他还写有一首《赠司勋杜十三员外》。两个人都是窝囊别扭的天才。李商隐诗比杜牧诗密实、晦涩，除了性格不同、出身不同的原因，不知道这是否由于李商隐比杜牧更窝囊。

杜甫心苦，但并不窝囊，李白更不必说，韩愈也是，白居易也是。王维晚年虽然窝囊，但王维选择不写。孔、墨、老、管、庄、孟、荀、韩都不曾论及窝囊，《吕氏春秋》《淮南子》《论衡》也不曾论及；屈原郁闷、悲愁、愤恨、绝望，但他浩浩荡荡地表达了出来。阮籍忧愁至极，时感被动不得已、如履薄冰，故避身酒瓮，但似乎也与窝囊无缘。而窝囊是郁闷、愤恨、屈辱感表达不出来或表达不清楚或虽表达出来却表达不尽。司马迁《报任安书》虽触及窝囊感受，但被一种悲烈的历史意志所掩。一般说来，窝囊带有世俗性，古人肯定免不了窝囊，但它见于文字表述，多为现代之事。从这个意义上说，杜牧、李商隐——尤其是李商隐——的窝囊感受应该接近于现代人，只不过他们的写法是唐人的。

凡人感到窝囊，必深切体会到个人的存在。因此李商隐得以在杜甫、韩愈之后将唐诗继续推进。清初吴乔《围炉诗话》卷三云："于李、杜、韩后，能别开生路，自成一家者，惟李义山一人。"我曾见有人（例如蒋勋）说李商隐表达出了一个走向灭亡的唐朝，但我不认为李商隐能先知先觉地清楚认识到唐朝的历史即将终结，尽管他看到了他那个时代宫廷、社会的种种问题。他肯定不具备一般是历史马后炮的大历史洞见，他肯定也不曾认真研究过前人李淳风和袁天罡的《推背图》（开个玩笑）。所以当他说"夕阳无限好，只是近黄昏"时，他可能更多是从个人遭际出发写下这样的诗句。他多次写到乐游原，不只是"夕阳无限好"这次。那里看来是他常去的地方。他喜欢夕阳、夕曛、斜阳、残阳、黄昏、薄暮、暮景、暮霞、暮鸦、晚、山晚，他反复写到这个时间段和这个时间段的景物,很难说这是他的历史感使然。拔高他的历史预测能力其实没有必要。他的性格只是吻合了历史的走向。李商隐的个人遭际会加重他性格中抑郁、敏感的一面。他把自己归入了由宋玉、贾谊、曹植、王粲等人组合成的抑郁、敏感、惆怅的家族。这个家族的人往往短命,故李商隐说"古来才命两相妨"。李商隐从他的抑郁并且纠结的心绪里发展出一种独特的处理当下的方法:他诗写眼前景物,却又总是拉出另一个时间点,要么是未来某个时间点,要么是被赋予了当下因素的某个过去的时间点。换句话说,他总是以古喻今,以今为古;他总是包纳明天,又从明天看回今天。今天,对他来说,不是,或不总是今天。他的此刻,不仅是为此刻而存在,而是为将来的追忆、怀旧而存在;仿佛他的此刻不是现在时的而是过去时的或者过去进行时的(套用一下西方语法中的时态概念),或者将来现在时的或者将来现在进行时的(西方语法中没有这两种时态);仿佛他的此现场总是通着彼现场(涉及时间转换带动的空间转换)。这真绝了。他写诗如下棋,走一步,看两步。像他这样敏感的人——我想到了林黛玉——一般总是,活着却要想到人之将死,宴饮却要想到席终人散,见春花怒放却要想到春之将去。不必举出偏僻的例子,李商隐那尽人皆知的诗句"何当共剪西窗烛？却话巴山夜雨时"，已经很好地展示了他这种独特的时间观。前面我们说到，王维的时间是永恒的时间，杜甫的时间是个人时间、自然时间与历史时间的融会，而李商隐发展出的是一种双重时间：此刻与未来，此刻与往昔。他在诗中反反复复地使用到"梦""忆"这样的字眼（就像李贺诗中喜欢用"老""鬼"等字），我们姑举含"忆"字的诗句为例——喜用"忆"字说明李商隐一天到晚心事重重：

此情可待成追忆　（《锦瑟》）

忆把枯条撼雪时　（《池边》）

永忆江湖归白发　（《安定城楼》）

却忆短亭回首处　（《韦蟾》）

琥珀初成忆旧松　（《题僧壁》）

无限红梨忆校书　（《代秘书赠弘文馆诸校书》）

帝城钟晓忆西峰　（《忆住一师》）

不许文君忆故夫　（《寄蜀客》）

再到仙檐忆酒垆　（《白云夫旧居》）

几对梧桐忆凤凰　（《丹丘》）

岂知孤凤忆离鸾　（《当句有对》）

每到城东忆范云	(《送王十三校书司》)
不教断肠忆同群	(《失猿》)
只有襄王忆梦中	(《过楚宫》)
忆得前年春	(《房中曲》)
忆奉莲花座	(《奉寄安国大师兼简子蒙》)
遂忆洛阳花	(《病中闻河东公乐营置酒口占寄上》)
始看忆春风	(《代贵公主》)
临城忆雪霜	(《即日》)
如何为相忆	(《夜意》)
岭外他年忆	(《九月於东逢雪》)
谢朓真堪忆	(《怀求古翁》)

够了，太多了。如此使用甚至滥用"忆"字的人必是一个孤独者（所谓"独夜三更月，空庭一树花""求之流辈岂易得，行矣关山方独吟"），不同于当今有爱有失落、无愁无忧戚的唧唧歪歪的诗作者和歌词作者们：李商隐一定缺乏说话的对象，或有时他虽有明确的说话对象，但当他开口时，话却说给了另一个影子一般的倾听者，而对影子开口，他说出的话就成了幽幽的自言自语。李商隐是个情种（其《暮秋独游曲江》诗的口吻甚至令

人联想到六世达赖喇嘛仓央嘉措），情种而没有说话的对象，这得是多大的别扭！于是他的自言自语不仅投向人影，还投向植物与花鸟鱼虫。他赠柳，忆梅，嘲樱桃，写到桃树、石榴、牡丹、杏花、莲花、鸡、鱼、燕、蜂、蝴蝶、蝉、老鼠、蝙蝠……他有一首诗居然叫作《蝇蝶鸡麝鸾凤等成篇》！在这首诗里他还写到了玳瑁、琉璃。这应该是一个寓言的世界，但李商隐又不是在写寓言。那他在写什么呢？他的蜂、蝶被赋予性的含义，但有人偏将他写私情的诗解释到一点私情也没有。谁让他写了那么多的《无题》诗！他还使用怪七怪八的典故（据宋人笔记《杨文公谈苑》，李商隐作诗时总要查阅大量书本。书本乱摊在屋里，人称"獭祭鱼"），他如此用典构成了他的晦涩，可是却没人以此称赞他渊博！这是怎么回事？当代人面对这样的写作真就没招了，因为没法命名，便想起了欧洲的波德莱尔、魏尔伦、王尔德，遂称之为象征主义！象征主义有颓靡的一面，李商隐恰好也有颓靡的一面，乃至色情的一面（"一夜芙蓉红泪多"），那就定下来了，是"象征主义"了！但李商隐可能比象征主义诸诗人还要复杂。不知道李渔的"女子"们能不能接受这样复杂的诗歌。

陆 以古人对唐人写作的总体描述作为不是小结的小结

现在的文学史一般都将唐代的诗歌写作分为初唐、盛唐、中唐、晚唐四个时期。类似这种划分在南宋严羽的《沧浪诗话》中就出现了（但严羽未提及中唐，所提为"大历体""元和体"），元代方回和杨士弘均有进一步阐发，补入"中唐"概念（但较早使用"中唐"概念的是比严羽早一百多年的理学家杨时）。四个时间段的分期是到明代高棅编《唐诗品汇》时从"声律、兴象、文词、理致"这几个方面考虑，才最后确定下来。这四个时间段具体是指：初唐——高祖武德元年（618年）至玄宗先天元年（712年，玄武门之变，李隆基登基）；盛唐——玄宗开元元年（713年）至代宗永泰二年（766年，其间虽有安史之乱，但杜甫、李白、高适等在持续书写）；中唐——代宗大历元年（766年，这一年11月改元大历，大历十才子登场）至文宗大和九年（835年）；晚唐——

文宗开成元年（836年）至哀帝天祐四年（907年，其间874—884年王仙芝、黄巢之乱）。唐诗的自我壮大也有一个过程，不是一上来就傲视历代诗歌。按唐代殷璠在《河岳英灵集》的《叙》中追溯："自萧氏以还，尤增矫饰，武德初微波尚在，贞观末标格渐高，景云中颇通远调，开元十五年后声律风骨始备矣。"这是盛唐时代唐人自己对本朝诗歌的看法。安史之乱导致时局大变。至中唐元和年间（806—820年），诗坛再次勃兴。白居易在《余思未尽加为六韵重寄微之》诗中说："制从长庆辞高古，诗到元和体变新。"杨时亦曾有言："元和之诗极盛。"（《龟山先生语录》卷二）但白居易所说的"元和体"本指他自己和元稹的和韵长篇之作，后人，例如苏轼，将这个概念扩大，泛指那个时代主要诗人们的创作，这其中也包括了韩愈、孟郊、刘禹锡、柳宗元、贾岛、李贺、卢仝、张籍、王建等。诗歌写作的方向到这时分出两岔：韩孟一路，元白一路（当然每一个时代都有不好归类的人）。自中唐至晚唐，诗人之间多有唱和。诗人们相互靠拢。元稹为杜甫撰《墓系铭》。元稹为白居易诗集作序。韩愈发现李贺并为之不得应进士考作讳辩。杜牧称赞韩愈、张祜。杜牧为李贺诗集作序。李商隐称赞杜牧。李商隐为李贺作小传。李商隐为白居易撰《墓碑铭》……一个"乘运共跃鳞"的诗歌帝国,一个"众星罗秋旻"的诗歌宇宙,灿然呈现。

2016.2.9—5.10
6.29定稿于委内瑞拉加拉加斯

附录一

书写时代的唐代诗人

《三联生活周刊》旗下"中读"APP于2019年开设音频课程"我们为什么爱唐朝",邀请到荣新江、辛德勇等十位教授授课。我有幸受到邀请。2021年3月三联书店出版社将十位教授的音频授课内容整理成文,出版《唐:中国历史的黄金时代》一书。《书写时代的唐代诗人》被列为该书第八章。但本文稿在内容上与书中文字略有出入。为行文完整,本文稿与《唐诗的读法》亦有极个别重复之处。

一、唐代诗歌与诗人的规模

我是诗人,也做外国诗歌的翻译。我最近出了一本小书,叫作《唐诗的读法》,好像就变成了一个研究唐诗的人。但我并不是研究唐诗的专家,只是对唐代诗歌的生成感兴趣,因此我是从一个写作者的角度来介入唐诗这个话题。

2018年秋天,我去了趟日本,正好在奈良赶上了正仓院的一个展览。在这个展览上,我看到了两件唐代器物:一个是嵌螺钿的漆盒,一个是嵌螺钿的镜子。据说这些东西都是当年唐玄宗、杨贵妃送给日本天皇的。我虽然以前在书里见过非常华丽的唐代镜子的图像,但当见到这个器物本身的时候,我依然非常吃惊。因为它很大,跟我印象中的一般的中国古镜的尺寸不同:它有如一个小脸盆般大小。我当时就愣住了——杨贵妃梳妆打扮时使用的镜子居然如此之大。在现场，我感觉到自己好像回到了唐朝。这个镜子的背面镶嵌的螺钿，让我感受到唐代生活中华丽的一面。当然这是宫廷生活的器物，普通人的生活不会这么华丽，但唐代几乎每一位有名有姓的诗人都不是普通人。

唐朝存在了近三百年的时间。这三百年也分成了不同的时段：一般人对唐朝的印象永远停留在它最华丽的时候，也就是我刚才说到的唐玄宗时期，即开元盛世，这是不对的。在盛唐之前还有初唐，而在755年爆发的安史之乱之后，就进入中唐时期，随后进入晚唐。不同时段中的唐代诗人其诗风亦有不同。一般说起唐诗，我们就会想到王维、李白、杜甫，再加上白居易、杜牧、李商隐——仅读这几位诗人肯定不足以把握唐代诗歌的生产现场。但即使就是这几位诗人，他们的写作风格也各有不同。

1. 从初唐到晚唐的诗风变化

唐初流行宫体诗。延续六朝风气的达官贵人们其主流审美依然指向充满脂粉气、形式感的宫廷趣味。唐人杜确在《岑嘉州集序》中说："自古文体变易多矣，梁简文帝及庾肩吾之属，始为轻浮绮靡之词，名曰宫体。自后沿袭，务为妖艳，谓之摘锦布绣焉。"至盛唐，作为一个整体，诗风的变化才明显起来，我们会在盛唐诗人的作品中发现他们对于天然、天真、清真这种风格的热爱。李白《古风五十九首》（其一）云："圣代复元古，垂衣贵清真。"清真就是自然之美，本是道家的说法。

至中唐，诗歌又发生了一些变化：七言诗写得更多，而五言诗变得相对较少，诗歌长度开始加长，诗人们开始写长诗，且多叙事。现在很多人都是背诵唐朝的短诗，能背长诗的人并不多。白居易曾作《余思未尽加为六韵重寄微之》给他的好友元稹（779—831年），诗中提到："制从长庆辞高古，诗到元和体变新。"长诗在当时被称为"长韵"。虽然杜甫早已开始写排律（长篇律诗，又称长律），但那并非杜甫时代的时代风气。

晚唐最主要的诗人就是李商隐了。晚唐诗歌相对弱一些。唐以后的诗人们都觉得晚唐诗人重拾华丽，且喜用典；他们写很多消极、伤感的情绪，但诗歌技艺都非常高超。这大概是晚唐诗歌的一个特点。

那么唐朝人自己怎么看？盛唐有一部非常重要的诗歌选集，叫作《河岳英灵集》，编者是殷璠。他在书的《叙》中说道："自萧氏（南朝萧道成、萧衍）以还，尤

附录一　书写时代的唐代诗人　153

增矫饰，武德初微波尚在，贞观末标格渐高，景云中颇通远调，开元十五年后声律风骨始备矣。"也就是说，按照《河岳英灵集》的说法，真正的好的唐诗是在开元十五年（727年）以后出现的。这段话能帮助我们打破对于唐诗的囫囵吞枣的印象。当然，关于唐诗的变迁，还有很多说法，例如若仅从声律看，开元之前的沈佺期、宋之问不应漏掉。元代辛文房《唐才子传》"沈佺期"条曰："自魏建安迄江左，诗律屡变。至沈约、鲍照、庾信、徐陵以音韵相婉附，属对精致。及佺期、之问，又加靡丽。回忌声病，约句准篇，著定格律，遂成近体，如锦绣成文，学者宗尚。语曰：'苏、李居前，沈、宋比肩。'谓唐诗变体，始自二公，犹始自苏武、李陵也。"这段话虽然仅从声律角度出发，但将古诗到近体诗，也就是律诗的变化节点，说得更清楚。唐诗也有一个发展过程。而这一发展过程的开始不仅可以追溯到初唐，实际上可追溯至隋代、六朝。

2. 唐朝的诗人很多吗？

在《唐诗的读法》中我已经提到，成书于清代康熙年间的《全唐诗》收录的唐朝诗歌大概五万首，囊括了约两千三百位诗人。直至今天，我们的学者依然还在搜集那些散佚于世的唐诗。虽然学者们现在又对《全唐诗》做了许多补编工作，但大体说来，全部唐代诗歌与诗人的数量差不多即是如此。

那这样一个规模，是在多少年里达成的呢？大概是三百年。有了这些数字，我们就可以对唐诗写作的规模有一个客观的印象。唐朝三百年间有两千三百位诗人，平均每年有八个左右。我们姑且说二十年算一个时代，那么一个时代实际上活跃的诗人，也就是一百余位。如果不去计算，你会觉得唐朝有很多的诗人，但一经计算，就会发现实际上也没有多少。诗歌的圈子其实没有多大。如果更细看，我们甚至会发现这两千三百人中真正写得好的诗人仅有七十余位。整个三百年间，值得我们记住并反复诵读其作品的诗人不过七十余位。杜确《岑嘉州集序》说："开元之际，王纲复举，浅薄之风兹焉渐革，其时作者凡十数辈，颇能以雅参丽，以古杂今，彬彬然，粲粲然，近建安之遗范矣。"也就是说，在整个唐代重要的七十余位诗人中，盛唐占去了十几位。那其他时代活跃的好诗人能有多少，我们就更清楚了。当我们在脑海中建立起相关数字的概念后，就会对唐诗写作的现场有一个更客观的看法。

唐朝的诗人们旅行，去了很多地方。我在网上也看到，有人把李白、杜甫、韩愈、白居易等人所走过的足迹在地图上标出来，可以看到这些诗人们一个个都是行过万里路的。但这并不意味着当时有很多诗人，只能说明他们的生活是这样一个情况。唐朝的诗人们大多是官员，除去战乱带来的颠沛流离，他之所以踏足多地，一定是被朝廷不断地调遣，或被朝廷贬官。

在唐朝做官，可以走不同的路径。其中一条是"恩荫"系统。走这条路的人是贵族，但如果不是贵族，进士及第也可以做官。在唐朝，贵族和进士这两拨人的存在很有意思。一个家族成为贵族，一般都是由于祖上的军功，贵族本来都是武人，但是后代变得越来越文人化。而唐朝的贵族都干什么呢？实际上他们喜欢绘画，比如阎立本是大画家，连"奸相"李林甫也是大画家，贵族大多是玩绘画的。而不少进士由于出身平平，家里没有那么多的资产和收藏，所以玩诗歌。当然这是一个很粗疏的说法。

进士文化之所以对唐朝如此重要，也涉及唐朝历史上的一个巨大变迁。虽然科举考试是从隋朝开始，但它的地位变得如此重要，与武则天有关。因为武则天要把大唐变成大周，会遇到很多阻力，因此就要发展自己的势力，扶植自己的亲信。而那些跟着李家打天下的贵族，肯定不愿意把江山交给武则天，所以武则天得起用那些与李家没有深厚渊源的人，也就是进士集团的人。顺便说一句：佛教在中国彻底站住脚，也和废唐立周又复唐的武则天有关，因为李唐亲近道教。——许多文化问题的背后都隐藏着政治因素，历史就是这个样子。

由此，进士的文化角色、政治角色变得越来越重要。自然而然，我们也能看出进士身份与诗人身份之间的关系。当时进士科的考试中有一项考试内容叫杂文，是要考诗赋的，这也与唐朝诗歌的发达有一定关系。杂文考诗赋被取消是到宋代搞变法的王安石手上，苏轼还曾经反对过。

所以我们可以看到，唐朝的诗人们很多都是进士出身。王安石在编《唐百家诗选》时，收录的诗人中百分之九十都参加过科举考试，但并非所有人都进士及第。其中进士及第者六十二人，占了入选诗人总数的百分之七十二。后世广为传播的《唐诗三百首》共选录七十七位诗人，进士出身的有四十六位。

3.《唐诗三百首》与诗歌审美趣味

《唐诗三百首》的编者叫孙洙（1711—1778年），他更为人所知的名号是蘅塘退士，是乾隆时期的进士，而这本书流行开来应该已是清中期。蘅塘退士之所以编《唐诗三百首》，是因为此前有一本儿童发蒙读物叫作《千家诗》，他对此并不满意。《唐诗三百首》在清代中期出现以后，我们中国人对于唐诗的基本阅读，实际上就是建立在《唐诗三百首》的基础上。这样一来我们产生一个印象，即唐诗仅仅是《唐诗三百首》，这是不对的。因为《唐诗三百首》是蘅塘退士为发蒙儿童所编，他的目的是编一个课本。课本的编纂有一定的原则，所录入的文章或诗歌的语言一定是标准且平易的：第一，不能太难，否则小孩读不懂；第二，在道德上一定是没有问题的。那些在形式上更复杂，语言上更加怪、险，包含危险性的诗歌就会被剔除掉。

再有，《唐诗三百首》的文学趣味实际上是清中期的趣味。清中期已经跟唐诗的发生现场隔了很长一段时间。我们用一个清朝中期的文学趣味，读的是距今一千三百年左右的诗歌，这中间实际上绕了一个很大的圈子。所以如果我们真的要进入唐诗、接触唐诗，必须有这么一个警惕。

中国诗歌趣味的变迁其实与中国历史的变迁很像。今天我们说起古代中国，一般人能够想象的要么是民国时期的中国、清朝的中国，要么是明朝的中国，而再往前推，宋朝的中国是什么样子？唐朝的中国又是什么样子？甚至六朝、汉代、战国时期的中国是什么样子？大多数人不一定能说清楚，我们可能只知道它的某些侧面，但当下的人并不具备一个想象整体的能力。

说到诗歌、诗意，实际在历史上是有一些变化的。从《诗经》到汉代五言诗，到六朝的诗歌，再到唐朝的诗歌以及宋朝的诗词，再到元代的元曲——元曲去掉音乐，那也是诗歌——然后就到了明清。明代的大诗人不多，当然高启是大家，而在清初，大家的趣味被几种说法给带偏了。我重复一下我在《唐诗的读法》中举过的例子：清初有一位重要的文坛人物叫王士禛（1634—1711年），主张"神韵说"。还有一位稍晚于王士禛但直至现在也赫赫有名的人物，就是袁枚（1716—1798年），袁枚主张"性灵说"。"神韵说"实际上推崇像孟浩然（689—740年）、王维等人的比较清淡的风格；而"性灵说"强调的是性灵，它对中国古代诗歌中一些非常粗犷宏大的东西视而不见，开始选择逃避。我们一般认为

《秋兴八首》是杜甫诗的最高峰，而杜甫本人的最高峰也是唐诗的最高峰。"玉露凋伤枫树林，巫山巫峡气萧森。江间波浪兼天涌，塞上风云接地阴。"这是《秋兴八首》的第一首的前四句。袁枚觉得这只是杜甫随便写下的诗句，并非杜甫最重要的成就，可见袁枚的趣味。

又比如说在唐代诗人中，韩愈是一个重要的人物，但是按照清人的标准，韩愈作为一个诗人的重要性就不及宋人的看法。宋人认为唐代最有才华的三个人是：杜甫、李白、韩愈。到了清代以后，韩愈当然还重要，他所代表的"文以载道"的传统，一直到桐城派，都是被尊崇的。但是在整个的诗歌评价体系中，韩愈的重要性相对来讲是被降低了。这就是清朝的趣味。

二、唐人写诗的技术性秘密是什么？

人人都知道李白的"床前明月光，疑是地上霜。举头望明月，低头思故乡"（《静夜思》）。那么"床前明月光"的"床"究竟是什么意思？如果他（李白）是躺在床上，为什么还要举头？所以那个"床"肯定不是躺着的床。唐朝有一种胡床，类似于现在的马扎，但可能尺寸要大些，可以坐在上面；这个"床"也可以指井床，就是井沿外的砖石。多数人倾向于认为李白的这个"床"应该指的是井床。

其实这个诗也有别的版本，叫作"举头望山月，低头思故乡"——这是日本课本里的李白。就是这样一首小诗，也有一个"当时是怎么写下来"的问题。现在已经成为经典的"举头望明月"，可能不是李白"举头望山月"的原文，是后来被人改了。

这是一个有趣的情况：古代并没有现代意义上的出版社，虽然宋代以后中国的印刷业很发达，但在唐朝并非如此。那时有雕版印刷，但主要是用来印佛经的，印出的书也很贵。更多的情况下是传抄，在传抄过程中有可能抄错了，因此古代诗歌就会出现不同版本。所以古代诗人的手稿就显得非常重要了，因为只有一份或两份，丢了就是丢了。比如说杜甫的诗歌，留存于世的大概是一千三四百首，李白的诗歌大概有九百多首（另说一千一百首）。李白的诗歌散掉很多，随写随吟随丢。当然李白自己也存留了一些，到晚年时曾托付给他的一个"粉丝"，这个人叫魏颢。他曾经跑了三千里地去找李白，李白把手稿交给他，让他来编自己的诗集。李白有一个族叔叫李阳冰，也帮李白编过一个集子，叫《草堂集》。

李白族叔李阳冰篆书

除此之外，李白的后人还掌握一些手稿。中唐范传正给李白写的碑文中也提到，李白的后人手里还保存了一些手稿。

我们现在一说起古代文化，想到的都是经典，很少有人谈到经典在成为经典之前是什么样。这个问题就涉及到文学作品、艺术作品是如何被创作以及传播的。这与今天的情况很不一样。

1. 随身卷子和洛阳读书音

我们一般读古典文学，一定是瞄着那些最大的名家，比如李白、杜甫、王维、白居易、韩愈、李商隐等大诗人。但任何一个时代都不可能只有这么几个人在写东西，一定还有别人也在写。所以我要说的这个话题不是指的那些天才们，因为很多天才的写作你是无法规范的，既无法用条条框框来限制他，也无法用美学概论或文学概论去概括出来。无论我们用什么文学概论，都解释不了李白和杜甫，但是可以解释任何一个时代中等才华的作家或诗人。我的看法与那些写文学史的人不太一样，如果要了解一个时代的文化背景，我们应该拿出一部分注意力来投向那些中等才华的人。正是这些中等才华的人，使这个时代的精神或风尚得以传递。

说到唐朝的诗人们怎么写诗,由于距那个时代太远,已经很模糊了,唐朝诗人们自己好像也没有做太多的记录。当然在南宋计有功编的《唐诗纪事》一书中能找到当时的一些现场记录,虽然这也是后人追溯的,但还是能够找到一些现场图景。但具体到怎么落笔,你还是找不到。

这个情况其实也很好理解,就像今天的作家们不会在写一本书时告诉你,他第一行为什么这么写,或者一首诗的灵感是从何而来?据我的经验,诗歌里有一些是"母意象",它生出"子意象";某一首诗也可能不是从第一行开始写的,而是从第三行开始写的,通过倒推,写出第一行第二行。所以即使是今天,也没有诗人会告诉你,他的这首诗具体是怎么写出来的。

但什么人会将诗人们的小秘密全部记录下来呢?是那些完全不会写诗却又想学写诗的人。当时的唐朝长安已是世界之都,有人说长安的人口可能有一百多万,是当时世界上最大规模的城市了。长安城中也生活着很多外国人,其中有一些外国人就是从日本来的遣唐使、留学生、学问僧。其中有一个日本僧人,后被尊称为弘法大师(774—835年,又叫空海大师、遍照金刚),他来到唐朝的目的就是为了把唐朝的这一套都搬回日本，所以他事无巨细，全部记录下来了。

空海写了一本书叫《文镜秘府论》。在书中你可以找到唐朝人是怎么写诗的，很有意思。根据《文镜秘府论》，我们发现唐朝普通才华的诗人们在出门送别、参加宴会时，总会遇到一个小难题，就是大家要现场作诗。但所有写诗的人都知道，人不是随时都有灵感，那在没有灵感的情况下要怎么写？所以唐朝这些中等才华的读书人出门，实际上是带着参考书的。当时有"秀句"一类的书，又叫"随身卷子"——当你没有灵感的时候，可以翻翻随身卷子，这时就会激发灵感。随身卷子中的内容一般来说都是抄写古今的好句子、好意象。

我们现在看到的随身卷子里，会列出来春天怎么写，秋天怎么写，夏天怎么写，包括了写诗能用到的好词。我手边有一本日本汉文书，叫作《增补诗学金粉》，它于明治十七年首版，三十年再版，为作诗所用。翻开这本书，就会发现它特别有意思。古诗写作里隐藏起来的内容在这本书中都出现了。比如翻到"诗语"部分，关于冬天，书中列出来的两字词有：霜峰、天寒、冻月、狂风、雪深、裂肤、云飞、水素等。还有三字词：朋来处、同酌酒、互题诗、日夜思等。根据这些词可以编成比如

"霜峰冻月同酌酒"的句子，这就是七言，可见古人是有办法的。我们在中国好像找不到类似的书了，但日本人却把这一套方法论全部继承过去。我手边的这本已经是相对比较晚近的书了。在这之前一定还有类似的写作参考书。

除此之外，唐朝人开始写近体诗，即格律诗。很多人都觉着掌握不了格律，但格律实际上也是有规律的，掌握了它的基本规律后就会非常简单。比如"平平仄仄平平仄"，下句相对的一定是"仄仄平平仄仄平"，然后是"仄仄平平平仄仄，平平仄仄仄平平"。一旦掌握了平仄规律，加之隋就有了一本书叫《切韵》，又有随身卷子，对那些中等才华的诗人来说，古诗其实很容易编。我知道写古诗的朋友可能会对我的这个看法很不屑，但我指的是对那些普通人来说，古诗就这么写，像个游戏。

也有人会问：唐人写诗押韵、守平仄究竟以哪里的语言为标准？或者问，唐代有无普通话？答案是：唐代考官判卷子的语言标准是洛阳读书音。其实宋人写诗所守的也是洛阳读书音。这个说法来自记载，不是我编的。洛阳读书音究竟怎样发音现在已经没有人知道了。那些号称知道的人也只是猜想。现在人用陕西话、四川话读唐诗都不是唐朝人诵读诗篇的方式。用保留了部分古音

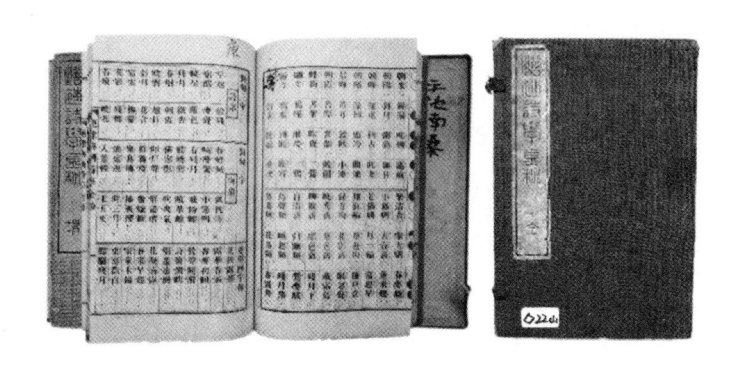

日本明治十七年首版（三十年再版）《增补诗学金粉》

的客家话、潮汕话、吴方言来读，略微靠谱。

由洛阳读书音我联想到一个问题：李白好古风，可能因为他在四川江油长大，洛阳读书音不是他长大的语言环境，所以对他来说有些异质，所以他索性避开语言短处，写古风，写歌行体。他虽有律诗写作，但显然不如杜甫写起律诗来得心应手。杜甫出生在河南巩县，熟悉洛阳环境，自然也就具备获得洛阳读书音的便利条件，所以他最终成为律诗圣手。我这样说一点也没有否认杜甫"两句三年得"的语言修炼。

大体说来，中唐以后，唐朝的诗歌写作相对来讲就比较普及了。如果要是连老百姓都能诌两句的话，它一定是有门道的，我给大家点明以后，就会发现没有那么复杂。当然如果你是一个真正的好诗人，只掌握一些技术性的技巧是远远不够的。

2. 长安的诗歌圈子

我特别强调诗歌写作的现场。所谓现场，就是指当代、当下。每一位唐朝诗人都有他的当下，都有他的文化、政治、经济环境。我刚才提到的只是现场的一部分，那么现场的另外一部分就是唐朝诗人们写出来给谁看？

给谁写？他们互相之间是什么样的关系？

在第一节中，我提到了唐朝诗人的人数。由于诗人并没有我们想象的那么多，所以我们基本可以肯定，生活在同一时代的诗人们基本相互认识，或者多多少少都会有一些关系，要么同朝为官，要么沾亲带故，要么路上会相遇。这里面暗含着阶级问题。而阶级问题，经过高强度的"阶级斗争"以后，我们现在已经很少讨论了，但它一直都是存在的，这是我在读杜甫诗的时候脑子里产生的一个问题：那时没有电话，安史之乱中杜甫又颠沛流离，但在不同的地方总有一些官员跟杜甫见面，他们是怎么联系上的？杜甫怎么知道一个官员要从这里路过？那个官员又怎么知道杜甫正好在这里？然后我就意识到一个问题，就是他们之间一定是有一些关系，远的近的都是朋友。这就涉及当时长安的文化圈子或诗歌圈子的状况。

王维跟李白都在长安，但从他们各自的诗集中，我们找不到两人交往的证据。可能他们之间没什么关系，但他们属于同一个时代的长安，李白和王维的年龄差不多，大概是同一年生也是同一年去世的，但两人的气质性格太不一样了，所以好像没有什么交集，但是他们有一些共同的朋友。比如，阿倍仲麻吕（698—770年），比如孟浩然。尽管王维跟李白两人之间的关系可能不太好，但都处于同一个文化背景之下。所以你要是琢磨琢磨当时的唐朝诗人，他们身边都是什么人，每一个人的家庭背景，就会发现非常有意思。

这就涉及到王维跟李白有什么不同？王维尽管在《偶然作》（其三）中自称"家贫禄既薄，储蓄非有素"，但这是一个中下层官员的抱怨。——官员所说的"贫"和老百姓所理解的"贫"中间有很大差距。王维是生在大户人家。唐朝有五个大著姓，即崔、卢、王、李、郑。王姓一个是琅琊王氏，一个是太原王氏，王维则属于太原王氏。王维的母亲是博陵崔氏，而博陵崔氏也是大家族。所以王维就是从这样一个家庭出来的。

盛唐时期的宫廷趣味可以说是跟着王维走的。王维对当时的宫廷、上流社会的诗歌趣味有巨大的影响。王维诗写得好，又通音律，据说是弹琵琶的高手，还是大画家，所以到了明代，董其昌（1555—1636年）把文人画的老祖宗一直追溯到王维。当时唐代的大画家，还有"大小李将军"，即李思训（651—716年，一作648—713年）和李昭道，但他们是画青绿山水的，而王维的山水画已经接近于水墨画了。虽然王维是大画家，但现在我们能够看到的他的画作几乎没有。日本藏了两幅，其中一幅叫《伏生授经图》，另外一幅叫《辋川图》。从《辋川图》上你能够感受到王维的画法仍是唐朝画法，与后来水墨画还是不一样的。

3."雅人"与"野蛮人"

历代大家对于王维都有评述，用的最多的一个字就是"雅"。李亮伟先生的《涵泳大雅——王维与中国文化》一书中收集了历代诗人或评论家对王维的评述，用词包括：雅、娴雅、优雅、尔雅、冲雅、惊雅、俊雅、秀雅、典雅、淡雅、清雅、温雅、舒雅、安雅、纯雅、高雅、雅意、雅正、雅词、雅调，等等——这都是用来形容王维的。

王维作为一个"雅人"，碰上李白一定不喜欢，因为李白基本上像个"野蛮人"。美国学者斯蒂芬·欧文（Stephen Owen），中文名字叫宇文所安，在《盛唐诗》一书中写道："高适（704—765年）和李白是最著名的真正的外来者。他们在开元时期与京城诗人实际上没有接触，从而形成了完全独立的诗歌风格。"我相信这个看法。因为没有太多的交往，所以他们保持了"野蛮人"的写法和活法。李白最大的神话是贺知章（约659—约

744年）称他为"谪仙人"。我们一般都把注意力放在了李白如"谪仙人"般飘逸、神采飞扬，但我们好像不太观察贺知章是什么样的人，以及他为什么说李白是"谪仙人"。贺知章自己号称"四明狂客"，可见他也是个特别狂放的人。李白跟王维是同龄人，一般同龄人相处起来都有点困难，而贺知章的年龄比李白和王维都大。当一个"老狂客"看见一个"小狂客"的时候，他因欣赏和兴奋有这样一个说法，即李太白是"谪仙人"。贺知章欣赏李白是顺理成章的，而王维不能接受李白也顺理成章。

这时我们就会发现，唐朝的诗人们之间的关系不是一团和气的，其中一定有矛盾，且互相瞧不上，但也有些人互相引为知音。这与很多因素有关，比如家族背景、年龄、学识等。李白跟杜甫的关系比较好，一是因为杜甫对李白很包容，二是李白比杜甫大十一岁，当一个人比另外一个人大十一岁的时候，一般就不太计较了。李白和杜甫两人有共同的朋友，比如高适。

李白有很多追随者，但这些追随者都不是很出名。比如说李白有一首诗叫《赠汪伦》，可汪伦并不是一个士子。我去过安徽泾县的桃花潭。当地人告诉我汪伦就是当时的一个地主。但也有学者猜他可能是道教中人。李白在士子圈里没有那么多朋友，却有一些道士朋友。李白所走的道士之路，让他认识了玉真公主（692—762年，唐玄宗的妹妹）。经过玉真公主与贺知章一同举荐，唐玄宗就觉着李白了不得，所以李白得以见到唐玄宗，产生了那么多故事。其中最有名的故事是高力士给李白脱靴。但我不相信这是真的：在陕西的泰陵，唯一一个陪葬墓就是高力士的墓。他墓碑上写的官职是：开府仪同三司兼内侍监上柱国齐国公赠扬州大都督。阿倍仲麻吕是赠潞州大都督；被李林甫扳倒的张九龄赠的是荆州大都督，而他是丞相。

这就是唐朝的风气，在唐朝，贵族和士子们是社会的顶尖人物，所以我们不能将今天的文化处境套用在唐朝。那些士子、官员们相互之间沾亲带故，即使是他们的后代都不行了，其他的人还会去帮助他们。比如李白的大儿子叫伯禽，伯禽有一个女儿，后来嫁给了普通老百姓。至中唐，范传正找到了伯禽的女儿，想让她离婚重新嫁给士子。

4. 非典型长安诗人李白

当时的唐朝宫廷文化以及审美之高级，我们通过流传至今的器物以及唐玄宗的字迹等都能看出来。李白后

高力士墓志拓片

来被赐金放还,我想他不得不被赐金放还。如此"野蛮"或者说如此有创造力的一个人,不符合当时唐朝主流审美标尺的一个人,一定是会被放还的。

在这个意义上说,李白真的不是典型的唐朝长安诗人。

李白和杜甫二人都去拜见过当时士子的领袖人物,北海太守李邕(678—747年)。李白有一首诗叫作《上李邕》:

> 大鹏一日同风起,扶摇直上九万里。
> 假令风歇时下来,犹能簸却沧溟水。
> 世人见我恒殊调,闻余大言皆冷笑。
> 宣父犹能畏后生,丈夫未可轻年少。

看到李白如此豪言,亦或称之为"胡扯",李邕受不了,一定是不喜欢李白。所以李白就写了这首《上李邕》。"宣父犹能畏后生","宣父"即指孔夫子,意为孔夫子还能对后生有尊敬;"丈夫未可轻年少",是说"你可不能小看了我"。但李邕很喜欢杜甫,因为杜甫性格温和,但后来杜甫也有特别"邪门"的一面,所以他跟李白才能走到一起,成为好朋友。

李白跟士子们总是相处得不太好,相处得好的一般都不是士子，比如刚才我提到的汪伦。当然李白有一些朋友，他在山东曾有一帮朋友叫作"竹溪六逸"（开元二十五年，737年，李白移家东鲁，与山东名士孔巢父、韩准、裴政、张叔明、陶沔在泰安府徂徕山下的竹溪隐居，被世人称为"竹溪六逸"。）李白在长安的朋友包括书法家张旭、贺知章等人，他们又被叫作"饮中八仙"（《新唐书·李白传》记载，李白、贺知章、李适之、汝阳王李琎、崔宗之、苏晋、张旭、焦遂为"酒中八仙人"）。李白的交游大概就是这样一个情况。

唐朝诗人的圈子其实不大，互相之间要么沾亲带故，要么就是朝廷上的朋友。我们想到唐朝这些人物的时候，其实很难想象他们之间的关系。比如杜甫是诗人，颜真卿是书法家，两人是否认识？他们是认识的，因为他们曾同在朝廷任职。唐肃宗时期有一个宰相叫房琯，因两场败仗加之其他事，唐肃宗要处罚他。杜甫当时是七品官左拾遗，他却要救房琯，这让唐肃宗很不高兴，于是杜甫就犯了错误。犯事后要有别的官员来审讯，当时有三个人审讯杜甫，其中有一个就是颜真卿。

杜甫应该也认识王维，因为他晚年时在诗中称王维"高人王右丞"（《解闷十二首》）。杜甫知道王维是一个高人，但他跟王维并没有那么亲切。杜甫的朋友还包括高

颜真卿书法原碑

适、岑参（约715—770年）等，还有一个也是王维的朋友，叫裴迪。杜甫在成都遇见裴迪，两人也能聊到一起。杜甫还有一些朋友很有意思，比如他跟后来的李贺（约791—约817年）完全不是一个时代的人，好像也没什么关系，但是李贺的父亲叫李晋肃，他认识杜甫。杜甫好像跟韦应物（737—792年）也没什么关系，但是韦应物的叔叔（也有人说是堂兄）是大画家韦偃，他是杜甫的朋友。韦偃曾在杜甫草堂给他画壁画。所以我之所以说唐朝的圈子没有多大，互相沾亲带故，是因为都是士子，都是这些家族，都是读书人。

士子之间是相互帮忙的，所以杜甫在颠沛流离之时，总有人给他送食物。通过唐代诗歌，我们可以研究唐代诗人的关系网。一旦进入到他们的人际交往圈子，我们就会对唐诗的写作现场有更深刻的认识。

三、为什么说李白像一个"骗子"

不得不说，李白其实像杜甫一样不好谈，因为人人都知道李白，人人都能背李白的诗，甚至小孩子们都能拿李白的诗来恶搞。可见他的诗的普及程度。如果是人人都了解的一个诗人,还要再谈对他的看法,我知道难度在哪。

在说李白之前,我稍微偏离话题来读一首诗,是杜甫晚年写的《寄韩谏议注》:

今我不乐思岳阳,身欲奋飞病在床。
美人娟娟隔秋水,濯足洞庭望八荒。
鸿飞冥冥日月白,青枫叶赤天雨霜。
玉京群帝集北斗,或骑麒麟翳凤凰。
芙蓉旌旗烟雾落,影动倒景摇潇湘。
星宫之君醉琼浆,羽人稀少不在旁。
似闻昨者赤松子,恐是汉代韩张良。
昔随刘氏定长安,帷幄未改神惨伤。
国家成败吾岂敢,色难腥腐餐枫香。
周南留滞古所惜,南极老人应寿昌。
美人胡为隔秋水,焉得置之贡玉堂。

读这首诗,你会感觉它不像是杜甫写的,而很像李白写的。因此我们就可以明显地感觉到,杜甫可以写"李白体"的诗。我们经常说到"李杜",但从中唐的元稹开始,就有一种"抑李扬杜"的倾向。元稹写过一篇

《唐故工部员外郎杜君墓系铭并序》："时山东人李白，亦以奇文取称，时人谓之'李杜'。余观其壮浪纵恣，摆去拘束，模写物象，及乐府歌诗，诚亦差肩于子美矣。至若铺陈终始，排比声韵，大或千言，次犹数百，词气豪迈而风调清深，属对律切而脱弃凡近，则李尚不能历其藩翰，况堂奥乎！"就是说李白写的乐府和杜甫的水平一样，但说到排比声律、词气豪迈、风调清深这些方面，李白比杜甫差远了。估计白居易会同意元稹这个看法。

有了这种说法，我们就能够想象到中唐人对于"李杜"的看法。那时李白的名声已经非常大，杜甫也声名鹊起，但两个人还没成为不可撼动的经典。与白居易、元稹同时代的另外一个大诗人韩愈曾在他的诗中说："李杜文章在，光焰万丈长。"（《调张籍》）韩愈一定是有说话的对象的，也就是说在他那个时代一定有很多人在诋毁李白。所以韩愈才说"李杜文章在"，并且把李白放在前面。当然"李杜"的说法在韩愈之前就有了。

在中唐，大家对李白已经颇有微词，到了宋代，"抑李扬杜"的倾向更加严重，杜甫成为最伟大的诗人。直到现在，我们看到的任何一本唐诗选，基本上所选杜甫的诗是最多的，而李白的诗总会比杜甫少一些，这也是一个时代的变迁。

在盛唐，人们也不觉得李白是最牛的诗人，《河岳英灵集》共收录二十四位诗人，其中最推举王维，所以那时李白也没有登顶。但在一千多年后的今天，李杜已经是中国古典诗歌的顶峰人物，被充分经典化了。

1."骗子"诗人

用唐代主流诗歌的标尺去衡量李白好像并不容易，因为李白不在这个标尺里，所以贺知章才说他是"谪仙人"。一个人的想象力太丰富、生活方式太与众不同，就会给人的感觉像个"骗子"。

大科学家爱因斯坦（1879—1955年）去日本访问时，早上起来打开窗户发现旅馆外聚满了人，都想瞻仰一下爱因斯坦的容貌。他转身就把窗户关上，回头对妻子说："我感觉自己像个'骗子'。"因为不可能有那么多人懂得爱因斯坦的相对论，怎么会有这么多人要来看他？毕加索晚年也曾对人说感觉自己像个"骗子"。如果从这个角度来看李白，其实李白也像个"骗子"。所有不是"骗子"的人，他们都很老实地活一辈子，在活着的时候好像都看不到自己的辉煌，但是李白在生前就已名满天下。

前面一节里我们提到，唐朝士子圈中有很多人认识李白，但并不喜欢他。我们从杜甫的诗中也能看出，当时的人如何对待李白：一定是爱李白的人爱死他，恨李白的人恨死他。我们今天已经不跟李白处在同一个时代，与他没有利害关系，于是我们就把他孤立成一个诗人李白，但同时代的人跟他是有利害关系的。正如杜甫在诗中写道："世人皆欲杀，吾意独怜才。"(《不见》)如果"世人皆欲杀"，大家得恨他恨到什么程度啊。而杜甫从李白身上看到了一个奇观，这个奇观在那个时代有些人能接受，有些人是不能接受的。所以我说李白不是典型的长安诗人。

如果我们讨论李白这个人，立刻就会有一些问题浮现在脑海中。李白有一首诗叫《庐山谣》，"五岳寻仙不辞远，一生好入名山游"。我们一般说起李白，就想到他非常豪爽，走南闯北去了很多地方，热爱祖国的大好河山。那么我们实际一点想，李白哪来的那么多钱？这就涉及到他的家世，李白究竟是个什么人？

2. 李白的身世与感情

很多不同的学者做过研究，有人提出李白好像不是生在中国，很多人同意这样一个看法，说李白在公元701年出生于西域碎叶城。历史上有过两个碎叶城，其中一个是在现在吉尔吉斯斯坦的托克马克，另一个是在新疆博斯腾湖边，是另一个唐代碎叶城。很多人说李白生在托克马克，五岁时随父亲迁回四川，落脚在现在的江油。有相关记载说李白的父亲名叫李客。——不知道这是不是他的名字，还是别人就这么叫他，因为他是外来人，是"客"。这涉及到李白究竟是不是汉人，有些人说李白是混血，还有一种最虚无的说法，说李白是色目人。

李白有一个追随者叫魏颢，他对李白的样貌有过这样的形容："眸子炯然"——五十多岁的李白依然眸子炯炯有神，中国人大多是细长的眼睛，但李白是圆形的豹眼。魏颢还说李白"哆如恶虎"——张开嘴的时候像老虎，这说明李白的嘴有点大。李白就是这样一个长相，从他身上你能感觉到一种西域风采。

我一直觉得我们的文化研究中缺少了一个环节：我们一般说到中国传统文化时，会谈中原文化或江南文化，清朝还有一个边疆文化。但我通过旅行，意识到有一个文化我们现在很少谈，就是陇右（陇山以西）那一带的文化。实际上从周，甚至先周，到秦一统天下，陇右都占据过重要的位置。后来的隋、唐都是陇右的军功集团建立的。李白就是那一带来的,他带来的那股"风"是从西北吹过来的。

这就使得李白跟其他诗人不太一样,他的语言方式、思维方式以及行为方式一定不像中原地区的士大夫,尤其不像贵族或老士族。李白自己说他是西凉武昭王(即李暠,351—417年,字玄盛,自称西汉将领李广十六世孙,十六国时期西凉政权建立者,唐高祖李渊是其六世孙)的后代。如果是这样,李白就跟李唐宗室有些关系,但李唐宗室并不承认。

我们前面提到的中唐范传正在其《唐左拾遗翰林学士李公新墓碑并序》中说李白一家:"隋末多难,一房被窜于碎叶……,神龙初,潜还广汉。"——"神龙"是武则天的年号。这就是说,李白的家族实际上是隋朝末年迁到西域的,后来在唐初偷潜回来,——都改朝换代了,为什么要"潜还"?李阳冰《草堂集序》也说李白一家"神龙之始,逃归于蜀"。——这里面一定有文章!很有可能李白一家背了刑案;比较高大上一点的说法是,李白的先人参与过反武则天的叛乱。他们家后来迁到江油一带。江油当年是汉族和羌人杂居的地方——我曾数次到过那里。所以李白家迁到那里我觉得也有些道理,可能他们家在那里有亲戚。李白不是进士,因为唐代规定

"工商之家不得预于士"。除此之外，如果家族中有人曾犯过罪，也是不能参加科举考试的。这两条可能与李白都相关，这就让他无法参加科举考试，从而刺激了他走上"布衣干公卿""布衣见天子"这条道。的确，李白做到了，他见到了唐玄宗。所以李白的生活有些古怪，并非一般情况下的顺理成章。

李白的父亲很有可能是做生意的。李白的诗中有些古怪的地方，比如他写过一组诗叫《秋浦歌》，"白发三千丈，缘愁似个长"。可李白没事跑到秋浦去干什么去呢？秋浦在现今的安徽池州，在唐代是银和铜的重要产地之一。我也到过那里。多年以前我偶然看到一个相关研究，说李白家在此处有生意，所以他才到秋浦。李白写的《秋浦歌》，因此被认为是中国最古老的工业题材的诗歌！所以李白家一方面有钱，另一方面他又不能参加科举考试，于是就到处跑。

李白有过两次婚姻，第一次娶的是故相许圉师的孙女，但是是入赘到人家的。唐朝男人耻于入赘，但李白是西域人，又是混血，他不在乎。他们有两个孩子，女儿叫平阳，儿子叫伯禽，小名明月奴。他第二次娶的是三次拜相的宗楚客（？—710年）的孙女。——两个老婆都是"故相之女"，这是什么阵势！在这里我们看到了李白和门第的关系，和钱的关系，和人脉的关系。除此之外，李白生活中还有两个女人，一位是刘氏，另一位李白没有明确地提过名字，只称"鲁一妇人"。李白这辈子比较固定的女人就是这四个，两个完全是精英家庭的女人，另两个完全是农妇。李白还与"鲁一妇人"生了一个孩子叫颇黎。至于李白在《江上吟》一诗中所说的"美酒樽中置千斛，载妓随波任去留"，我们就不做停留了。我之所以提到李白的婚姻状态、他和女人的关系，是想将他在这一方面的经历与他的诗歌趣味挂上钩。可以开个玩笑：他开合度太大了！他没有写过太多的爱情诗，他写过女人，但绝不写思念，只是描述。

3. 道士李白和他的才华类型

只谈生活方式肯定不足以说清楚李白。李白还是个道士，他是真正受过道教符箓的。陈寅恪先生说："道教起源于滨海地区。"——海边上可以看到海市蜃楼。道教徒对于位列仙班是有梦想的，而所有的神仙都是腾云驾雾的。如果从这个角度看，你会发现李白通过道教，与海洋、海市蜃楼有关系。我们一般说中国是一个内陆国家，中国虽有海岸线，但过去的文化主要是中原地区的文化，传统的中国人是怕海的。但李白的诗歌中就会出现"半壁见海日，空中闻天鸡"。所以李白的想象力不属于中国古人一般的"泥土的思维方式"。对比杜甫，我们能看出后者是中原地区的思维方式，与土地有关，与生长和死亡有关；所以李白的诗里充满幻象。其《梦游天姥吟留别》："青冥浩荡不见底，日月照耀金银台。霓为衣兮风为马，云之君兮纷纷而来下。虎鼓瑟兮鸾回车，仙之人兮列如麻……"这全都是仙家幻象。

当然这种想象力的方式也与李白追慕的屈原的楚国的想象力方式有关。《九歌·东君》："青云衣兮白霓裳，举长矢兮射天狼；操余弧兮反沦降，援北斗兮酌桂浆；撰余辔兮高驼翔，杳冥冥兮以东行。"李白说："屈平辞赋悬日月，楚王台榭空山丘。"(《江上吟》)

李白除了跟道教有关，对儒家的某些东西也有兴趣，在他的《古风五十九首》（其一）里写道："我志在删述，垂辉映千春。希圣如有立，绝笔于获麟。""删述"是指孔夫子，意为我的志向就是像孔夫子这样"垂辉映千春"，"获麟"的典故是鲁哀公十四年西狩获麟一事，《春秋》就此结束。所以李白有时也倾慕孔夫子所倡导的主流文化价值观。

但他年轻的时候好游侠，还练剑，对杀人也很有兴趣，他在诗中说"十步杀一人，千里不留行"。(《侠客行》)爱好游侠这一面使他非常热爱战国晚期一个充满侠客精神的人物，叫鲁仲连。鲁仲连帮人解难以后，不要报酬也不要官职就走了，李白认为鲁仲连就是他的人生榜样。

李白写诗喜欢谢朓（464—499年，南朝山水诗人）。他认为谢朓就是"清真"（即自然之美），此处"清真"一词并非清真寺的"清真"，清真在过去是道家的一个词。李白有一首非常有名的诗叫《独坐敬亭山》："众鸟高飞尽，孤云独去闲。相看两不厌，只有敬亭山。"谢朓曾长时间在敬亭山所在地宣州（今安徽宣城）做官，可见李白很推崇谢朓。

综合以上种种，我们就看出李白为什么是那样一个诗人。他的生活条件，他的钱，他的女人，他的人生榜样，他的诗歌榜样，除此之外，他又是西北人，有可能还是混血，他也不能考进士，于是他就写成那样的诗。当我们大概描述出李白的样子后，就可以更具体地讨论他的诗了。

李白的诗究竟伟大在什么地方？在我看来，李白的诗歌是具有流动性的，流动性就意味着他的诗歌里充满了音乐性。这也意味着他有些话说出来时，可能自己都不在乎它究竟是什么意思，这个时候他满足的是生命的喷发。今天的人对此很是着迷，但是我们学不会。这是李白生命里带出来的，他的诗歌就这么"喷"出来，这是他写作的一个特色，我称之为"无意义言说"，就像音乐似的，它就是一种情感。比如《梦游天姥吟留别》："千岩万转路不定，迷花倚石忽已暝。熊咆龙吟殷岩泉，栗深林兮惊层巅。云青青兮欲雨，水澹澹兮生烟……"我认为李白也没在乎自己在说什么，但是你通过这些，却能感受到李白的生命。

由于李白是这样一种写作方式，所以问题也在这里。很多人读这首诗被最后一句话镇住："安能摧眉折腰事权贵，使我不得开心颜。"——这样的道德格言、人生格言抓住了很多人。但是你要是细读这首诗："忽魂悸以魄动，恍惊起而长嗟。惟觉时之枕席，失向来之烟霞。世间行乐亦如此，古来万事东流水……"前面描写的海市蜃楼相当于"人间行乐"，"如此"即为刚才所描述的幻象，这首诗就是靠"此"字立住，但到最后好像对它又做了否定。本来立住的东西，李白对它却有一个无所谓的态度。既然如此，又何必在前面用如此大的篇幅来描述？这不是一个前后矛盾的行文吗？

如果其他诗人这样写就不行，但由于李白的诗是音乐性的，我们不会跟他较真。由于他诗歌的流动性、音乐性以及他所描述的辉煌幻象，致使我们放弃了自己的理智，对行文本身的矛盾毫不在乎。我们仿佛有这样一种感觉——一旦我们成为李白的读者，我们就全姓李了，一旦我们姓李了，我们就不在乎李白的诗里面有什么问题了。李白就是这么一个把他的生命力完全展开的诗人，喷射语言的诗人，这样的诗人是不可重复的。从这个意义上讲，李白真是一个"谪仙人"。他是天上的一颗星星，来到人间，落在唐朝，给后人留下这样的诗歌。

好了，我对李白进行了无限的"吹捧"，至此该告一段落了。

2019.8.15整理

附录二

杜甫的形象

根据 2018 年 6 月 2 日在北京十月文学院所做讲座的内容扩写

一、如何谈论杜甫？

唐诗里最难谈的人物恐怕就是杜甫了。比较而言李白更好谈一些。李白被认为是天成的人物，也就是"天才"，是"谪仙"，不可接近，其诗作不可模仿，超越于分析。所以讲讲李白的逸事、神话，就能展现出他这个人的风采。而杜甫被认为是可以通过模仿来接近的，是一位人间之人，要讲他，反倒让我觉得有压力。每个人心里都有一个杜甫，都能背一些杜甫的诗，在这种情况下要将杜甫讲出点新意，着实有些困难，所以我就想到了"杜甫的形象"这个题目。——杜甫的早年形象说不上：他的诗歌到现在流传下来的有一千四百多首，其中百分之九十以上的作品都是他四十岁以后写的，他早期的东西都没了；所以谈杜甫的形象，其实谈的是杜甫晚期的形象。

美国华人学者洪业《杜甫：中国最伟大的诗人》一书中有一句话说："绝大多数中国史学家、哲学家和诗人都把杜甫置于荣耀的最高殿堂，这是因为对他们来说，当诗人杜甫追求诗艺最广阔的多样性和最深层的真实性之际，杜甫个人则代表了最广大的同情和最高的伦理准则。"[*]——谈中国古典诗人，能够用"最"字最多的就是杜甫了。这里涉及伦理准则，涉及他的同情，他诗歌的真实性、多样性。美国还有一位学者叫陆敬思（Christopher Lupke），他说杜甫是中国古今诗人的"大家长"（poetic patriarch）。——每个家里都有家长，中国诗人的大家长就是杜甫。这个说法很精彩，但也让我们讨论杜甫有了难度。今天我选的这个角度相对容易一点，讲杜甫的形象。其他角度三两句话没法说清楚。我会谈到杜甫的生平际遇、杜甫的趣味、杜甫的现实感，这些话题都跟杜甫作为一个诗人的形象有关系。

作为儒家诗人的代表人物，虽然有时，尤其在晚年，杜甫也想寻仙访道［见《忆昔行》《咏怀二首》（其二）、《幽人》等］，也对佛教表现出好感（见《秋日夔府咏怀

---

[*]（美）洪业著《杜甫：中国最伟大的诗人》，曾祥波译，上海古籍出版社，2014年，页2。

奉寄郑监李宾客一百韵》《大觉高僧兰若》《谒真谛寺禅师》等），但他跟整个儒家这套话语，有着密切的关系。这很好地表现在他于大历三年（768年）写给儿子的《又示宗武》一诗中："应须饱经术，已似爱文章。十五男儿志，三千弟子行。曾参与游夏（子游、子夏），达者得升堂。"我在《唐诗的读法》里提到了杜甫与儒家的历史转变之间的关系：我们现在感受到的儒家，更多是安史之乱以后，在宋代做大起来的理学化了的思孟系统的儒家。思孟系统（子思、孟子）是一个传道系统。而儒家还有一个传经系统：杜甫在《又示宗武》诗中提到的"夏"，就是孔子的学生子夏。孔子殁后，他设帐魏国西河，在那儿传授儒家所有的经典。子夏的学生中有公羊高和穀梁赤（仅从一般说法）又传下来《春秋公羊传》和《春秋穀梁传》。是为传经系统。从汉代到中唐，传经系统的儒家，在中国整个儒学系统里非常活跃。安史之乱后，孟子的地位大幅度上升，变得极其崇高，思孟系统即传道系统的儒家才变得越来越重要了。杜甫赶上了安史之乱，这个中国古代历史的分水岭，巨大的变迁时代；同时又赶上了儒家转向、孟子成为后来的亚圣的时代。孟子的最终做大要等到中唐韩愈起来以后，但杜甫已经在拿孟子照镜子了。其作于大历四年（769年）的

《咏怀二首》（其一）曰："人生贵是男，丈夫重天机。未达善一身，得志行所为。嗟余竟辁轲，将老逢艰危。"这里，杜甫想到的是孟子名言"穷则独善其身，达则兼济天下"，而自己未能行孟子之道。所以说，作为一个儒者的杜甫，被抬到如今这样的地位，既有其内在原因，也有外部原因。

杜甫的诗被称作"诗史"。那么历史对于中国文化、中国文学的作用和意义，相当于神话对古希腊人的作用和意义。中国的文学里很多东西都跟历史扣在一起，二者很难分开。杜甫的诗歌满足了历史的要求。我们习惯于把诗和史联系在一起，这使他成为了一个如此重要的诗人。这种情况在当代诗歌里没有。当代诗歌基本上已经不负担述史的作用，与此同时我们又受到外国文学的影响，包括浪漫主义、现实主义、现代主义、后现代主义的影响，我们大多数人写的基本上是抒情观念之下的诗歌。20世纪美国著名诗人肯尼斯·雷克思洛斯（Kenneth Rexroth，中文名字王红公）在其《重读经典》（*Classics Revisited*）一书中有专文论述杜甫。他说杜甫的诗"既非史诗，亦非戏剧诗，也不是任何现成的抒情概念下的诗歌"。他认为杜甫与莎士比亚、托马斯·坎皮恩、歌德或者萨福意义上的抒情诗几乎没有关系。

二、杜甫的人生经历

中国古代诗人中,以现在的标准看,很长寿的几乎没有。杜甫在战乱中活到五十八岁,公元712年(睿宗延和元年、玄宗先天元年)到770年(代宗大历五年)。杜甫的一生可以分成几个阶段。首先是早年读书漫游的阶段,持续到杜甫三十多岁。这期间发生了一件很重要的事,就是他在洛阳遇到被玄宗赐金放还的李白,后来他们俩又遇到高适。那时杜甫三十三岁,李白比杜甫大十一岁,是四十四岁,高适比杜甫大六岁,是三十九岁。

对于李杜的关系,郭沫若写过《李白与杜甫》,闻一多也提到过。很多人都有不同的猜测和解读,比如说他们觉得杜甫对李白那么好,李白却拿杜甫开涮(李白《戏赠杜甫》"饭颗山头逢杜甫",可能是伪作)。也有人猜测两个人关系很好,两人旅行的时候会盖一条被子(杜甫《与李十二白同寻范十隐居》"醉眠秋共被,携手日同行"),让美国的同性恋诗人们想入非非。李白给杜甫写过两首诗,而杜甫给李白写了很多诗,他们之间主要的交流就是当年在一块儿游历。先是在梁、宋这块地方,后来两个人又一块儿到了蕲州,分手之后再次见面的时候在东鲁。

无论怎样，我在《唐诗的读法》里提到，李白应该对杜甫产生了不小的影响。杜甫在李白身上看到了一个奇观。其实杜甫本身在某种意义上也是奇观，只不过更多的时候我们把他放在儒家的话语里。尽管杜甫是个儒家诗人，但他也曾在诗中说："礼乐攻吾短，山林引兴长。"[《秋野五首》(其三)，大历二年，767年]——这和李白的影响有关吗？头两天我在江西南昌，有一个写古体诗的学生还跟我讲，他分析有些古代诗人的诗不合平仄。我说所有合章法、合规矩、合平仄的写法，都是小诗人的路数，对大诗人你没法这么判断。宋代的黄庭坚，说自己的书法是"老夫之书本无法"。也就是说，在迈过很多门槛儿之后，这些大诗人、大艺术家内心就开始有一种自由度，开始搞破坏。很多人是跟着章法走的，但大诗人总有破坏章法的能力，破坏工作有时候就能呈现为奇观，而这也是建设。在李白身上我们看到了这一点，在杜甫身上我们也能看到这一点。别人的长篇诗作很多四行一换韵，杜甫可以八行一换韵，杜甫就敢这么干。拗体诗，在别人那儿是缺点，到杜甫这儿就是精彩。对他来讲这是自由，但对于整个诗歌史来讲，他是在给诗歌立新的章法。所以说，杜甫也是一个奇观。《新唐书·杜甫传》说："甫旷放不自检，好论天下大事，高而不切。"他后来在长安上玄宗三大礼赋时自谓："沈郁顿挫，随时敏给，扬雄、枚皋可企及也。"——这狂劲儿比李白也不差。读杜甫写于大历三年（768年）的《壮游》一诗，对他的豪情快意可以想象一二。

杜甫人生的第二阶段是困居长安的时期，大概是三十多岁到四十岁。第三个时期是为官时期，大概是从他四十四岁到四十八岁，时间很短，正好是安史之乱的时间。陈寅恪说安史之乱是中国古代史的分水岭，之前和之后的中国，几乎像两个中国。日本大汉学家内藤湖南认为，从安史之乱开始，中国进入了唐宋变革期，跨度从中唐一直到宋，思孟系统或传道系统的儒家在中国的影响开始变大，一直持续到明清、到今天。笼统地说起中国几千年的历史，我们往往会忽略这些变化。我们汉族人填表写自己的民族时会填"汉"，可按照傅斯年的讲法，实际上汉朝的汉族到六朝结束以后就没有了（见傅斯年《史学方法导论·中国历史分期之研究》）。很难说今天的我们跟汉朝的汉族完全是同一个"汉族"，可能存在当时的基因，但已经有很大的变化了。

杜甫赶上了安史之乱，目睹了战争惨烈的情状。肃宗朝宰相房琯在陈陶斜和青坂打了两场大败仗，让唐军损失惨重。杜甫曾经在《悲陈陶》里有一句"四万义军同日死"。部队大概有四万多人，四万义军一天全死了，太可怕了。杜甫跟房琯两个人是老朋友，时任左拾遗的他为此要疏救房琯，结果一下子得罪了皇上，就回家省亲去了。后又随肃宗还长安，然后被贬为华州司功参军，然后弃官，于是杜甫离开朝廷，开始进入漂泊的生涯，也就是他人生的最后时期，大概是从四十八岁到五十八岁，十年的时间。我们所能知道的杜甫的形象，主要是来自于他的漂泊时期。他先是向西漂泊，到达天水、同谷一带，后来到了成都，在严武等人的帮助下筑起草堂，后又离开成都在湖南湖北这一带漂泊，直到死去。

三、杜甫的晚年形象

1. 孤寂的精神形象

进入杜甫西南漂泊的时期，就进入了杜甫晚年的形象。杜甫晚年的形象，可以分为精神形象、肉体形象两方面。

首先是精神形象。杜甫晚年很潦倒，尽管他得到了高适、严武等人的帮助。他会毫不犹豫地请求后来做了大官的高适的帮助。杜甫四十八岁时写有一首诗，《因崔五侍御寄高彭州一绝》，管高适要吃的："百年已过半，秋至转饥寒。为问彭州牧，何时救急难？"——你什么时候来帮我呀？现在我们不好意思这样说出口，但当时他们朋友之间可以这么干（杜甫不这么干也没有别的办法）。直到五十八岁去世之前，杜甫一直在呼吁朋友的帮助。大历五年（770年）杜甫诗《奉赠萧十二使君》："不达长卿病，从来原宪贫。监河受贷粟，一起辙中麟。"这里"长卿"指汉代的司马相如，患有消渴病，也就是糖尿病。杜甫同样患有糖尿病，他甚至在《湘江宴饯裴二端公赴道州》（大历四年，769年）一诗中自称"病渴老"。此处他以"长卿病"自指。在其晚年的诗作中他多次提到自己的糖尿病，这相当于今天的诗人反复在诗里说自己有腰肌劳损或者什么别的病！"原宪"就是子思，穷而不改其操。后两句用《庄子·外物》典："庄周家贫，故往贷粟于监河侯。……庄周忿然作色曰：周昨来，有中道而呼者，周顾视车辙，中有鲋鱼焉。周问之曰：'鲋鱼来，子何为者耶？'对曰：'我东海之波臣也。君岂有斗升之水而活我哉！'"

代宗永泰元年（765年），五十三岁的杜甫说自己是"飘飘何所似，天地一沙鸥"（《旅夜书怀》）。去世前一年，大历四年（769年），五十七岁的他在《江汉》这首诗中自谓"江汉思归客,乾坤一腐儒"。虽然有人帮助过他,但他内心里是非常孤独的。与《江汉》写在同一年的《南征》诗中有句曰:"百年歌自苦,未见有知音。"杜甫一生的朋友其实都是很高大上的:李邕、李白、高适、岑参、裴迪、元结、李贺的父亲李晋肃(杜甫与李晋肃有远亲关系,也就是与李贺有远亲关系!),打过交道的还有王维、颜真卿等。杜甫也与一群画家交好,包括被玄宗皇帝称赞为"诗书画三绝"的郑虔、韦应物的叔父韦偃、曹操的后代曹霸等。韦偃还曾在成都杜甫草堂的墙上画过画。这都是赫赫有名、彪炳千秋的诗人、艺术家。所以杜甫的朋友圈按说是很豪华的,尽管他自己的官不大。杜甫在晚年应该已有较大的诗名,在大历四年(769年)《酬郭十五判官受》一诗中他自谓:"才微岁晚尚虚名。"可是在这样的情况下,杜甫还是觉得"百年歌自苦,未见有知音",从这里可以看出他晚年的精神面貌。

大历五年(770年),去世之前,杜甫在《风疾舟中,伏枕书怀三十六韵,奉呈湖南亲友》一诗中,令人惊讶地提到了一系列的古人:轩辕黄帝、虞舜、马融、王粲、辛毗、扬雄、刘歆(刘棻)、庾信、陈琳、潘岳、苏秦、张仪、公孙述、侯景、葛洪、许靖等等。杜甫提到他们，一方面是在用典，而另一方面，我们也可以感受到他仿佛是被历代人物的身影围裹着，而他自己，这个孤老头，即将成为这重重身影的一部分，仿佛一个人越孤独，他身边影影绰绰的人物就越多。这种写法，在今天是不可能出现的，不被允许出现的。你若在今天在诗中搬用太多的知识、典故，你就是在用你的精英意识侮辱大众。

大家都知道杜甫有一首诗叫《江南逢李龟年》："岐王宅里寻常见，崔九堂前几度闻。正是江南好风景，落花时节又逢君。"这首诗是杜甫在大历五年（770年）五十八岁时写的，是杜甫临去世的那一年。如果不把杜甫的年纪、精神处境、身体状况和这首诗联系到一起，我们就会把它当成一首寻常的，但写得很好的重逢诗来看待而已。事实上，"落花时节又逢君"的时候，已经是杜甫生命的结尾期了。一旦我们了解了背景，就会知道晚年的杜甫其实是那么孤独，在"未见有知音"的情况下遇到一位老朋友，于是写下这么一首诗。

2. 衰朽的肉体形象

视觉上，今天我们熟悉的杜甫的长相，是画家蒋兆和画的。瘦削的、饱经风霜的杜甫皱着眉头迎风坐在一块岩石上。这幅画的模特其实是画家蒋兆和自己。前几年网络上出现过很多"杜甫很忙"的恶作剧图像，那其实不是"杜甫很忙"，而是"蒋兆和很忙"——没文化连搞恶作剧都找不准对象！那么晚年的杜甫究竟是什么样呢？熟读杜诗的人肯定会注意到，在《春望》这首诗里，杜甫写道，"白头搔更短，浑欲不胜簪"。这首诗写在肃宗至德二年即757年春，杜甫才四十五岁——四十五岁都"浑欲不胜簪"了。杜甫还有一组诗叫《乾元中寓居同谷县作歌七首》（肃宗乾元二年，759年，四十七岁），里面有一句，"有客有客字子美，白头乱发垂过耳"，古人把头发都往上盘，他是垂过耳，很狼狈的样子。在《复阴》这首诗里，他说："君不见夔子之国杜陵翁，牙齿半落左耳聋"——牙已经掉得差不多了，左耳聋，听不见了。这首诗没有明确的纪年，有人把它系于大历二年，也就是767年，杜甫五十五岁。这一年杜甫写有一首诗直接就叫《耳聋》，诗中说："眼复几时暗？耳从前月聋。"看来他是耳聋在大历二年深秋。从代宗大历元年（766年），五十四岁的杜甫开始寓居夔州。之后他写下伟大的诗篇《秋兴八首》。在耳聋之前。杜甫一直多病，主要是糖尿病，开始于广德二年（764），时五十二岁，

蒋兆和与其所绘杜甫形象对比

他在作于大历二年（767年）的那首被元稹称为"铺陈始终，排比声律，大或千言"的长诗《秋日夔府咏怀奉寄郑监李宾客一百韵》中提到："飘零仍百里，消渴已三年。"杜甫的肺也有问题，（广德二年，764年，《别唐十五诫，因寄礼部贾侍郎》："病肺卧江沱。"大历二年，767年，《秋峡》："肺气久衰翁。"）这些疾病使他"衰颜更觅藜床坐，缓步仍须竹杖扶"。（《寒雨朝行视园树》，大历二年，767年）可就是这样，他还随身佩戴着作为检校工部员外郎蒙皇上赏赐的绯鱼袋（内盛鱼符，上刻官职、姓名）："莫看江总老，犹被赏时鱼。"[《复愁十二首》（其十二），大历二年] 这一年他写下《登高》："风急天高猿啸哀。"他的《清明二首》，写在大历四年（769年），他五十七岁，去世前一年。他在《清明二首》（其二）中自谓："此身漂泊苦西东，右臂偏枯半耳聋。寂寂系舟双下泪，悠悠伏枕左书空。"就是已经半身不遂了，右胳膊抬不起来了，只能伏在枕上，抬起左手在空中写划。他的左耳还是聋的，牙也掉了很多，头发几乎也没了，剩下的就是白发。这时杜甫一家居无定所，住在船上，真是很凄惨——我们民族最伟大的诗人！这是晚年杜甫的身体情况，也是他肉体的形象。

3. 哭泣的杜甫

这样的身体情况，与残酷的国家战乱叠合起来，导致杜甫一天到晚忙活一件事，就是哭。至德二年（757年），杜甫四十五岁。那时他被叛军抓住，被禁在长安，但还有点自由，能在城中溜达。他在春天来到曲江池边，写下非常有名的一首诗叫《哀江头》。他说："少陵野老吞声哭，春日潜行曲江曲。""少陵野老吞声哭"的时候实际上杜甫只有四十五岁，他就把自己叫"野老"。古人好像一过四十岁就觉得自己老了。杜甫在四十四岁的时候，天宝十五年（756年），写过一首诗《送率府程录事还乡》，诗是这样开头的："鄙夫行衰谢，抱病昏忘集。常时往还人，记一不识十。"那时候安史之乱刚开始不久。

后来他遭遇颠簸，到处乱跑，于代宗广德元年即763年写下《天边行》。他说"天边老人归未得，日暮东临大江哭"。在江边上，一个人就在那儿哭。广德二年（764年）秋《过故斛斯校书庄二首》（其二）："素交零落尽，白首泪双垂。"大历元年（766年）《寄杜位》："封书两行泪，沾洒裛新诗。"大历二年（767年）《社日两篇》（其二）："欢娱看绝塞，涕泪落秋风。"同一年的《又呈吴郎》："已诉征求贫到骨，正思戎马泪沾巾。"不仅杜甫哭，连猴子也跟着人哭。同年《九日五首》(其一):"殊方日落玄猿哭。"同一组诗《其四》:"系舟身万里,伏枕泪双痕。"同一年《秋日夔府咏怀奉寄郑监李宾客一百韵》:"别离忧怛怛,伏腊涕涟涟。"大历三年(768年)《元日示宗武》:"不见江东弟,高歌泪数行。"大历五年(770年),杜甫五十八岁,快要去世的时候,他在《逃难》一诗中写道:"归路从此迷,涕尽湘江岸。"同年,他还在《暮秋将归秦,留别湖南幕府亲友》诗中说:"途穷那免哭,身老不禁愁。"在颠沛流离、流离失所的情况下,怎么可能不哭呢?"身老不禁愁",让我们对杜甫当时的处境有了更深的体会。

有两个问题值得注意,甚至值得深入讨论,我在此只是略微提及:第一,杜甫虽然总是泪流满面,但他的写作却没有因此而指向所谓的浪漫主义,更具体地说,他不是感伤的抒情诗人。第二,杜甫的写作虽然带有强烈的自传色彩,作品中有明确的言说主体,但与此同时,他的这些作品又是非个人的。——这是怎么回事?

还有一点需要提到:杜甫虽遭逢战乱,并且心盼朝纲重振,不吝赞美平叛讨贼的将军士兵,这被认为是"爱国主义",但他自己好像不曾做出过"国家兴亡,匹夫有责"的英雄主义行动。大历元年(766年),杜甫在《宿江边阁》诗的最后写道:"不眠忧战伐,无力正乾坤。"大历四年(769年)《野望》:"扁舟空老去,无补圣明朝。"大历五年(770年),在《舟中苦热遣怀,奉呈阳中丞,通简台省诸公》一诗中,杜甫写道:"吾非丈夫特,没齿埋冰炭。耻以风病辞,胡然泊湘岸。"同年,在《回棹》这首诗中,他自谓:"宿昔试安命,自私犹畏天。"杜甫对时局的"无力"感很明显。他不是颜真卿、颜杲卿那样的英雄。但哭、眼泪、自伤、絮叨、悲天悯人,那是杜甫的。

四、杜甫的现实感

今天我们说杜甫是"现实主义者"。现实主义的概念虽然来自西方,但又是经过了苏联的转手。所以我们一说到现实主义就是批判现实主义。我们很多外来的文学史概念都不是直接来自西方,而是二手货,经过了转手。比如浪漫主义也经过了苏联的转手。高尔基对西方文学的解读,把浪漫主义解读成消极浪漫主义和积极浪漫主义两个阵营。所谓积极浪漫主义就是进步的、倾向于革命的浪漫主义。所以今天我们说起浪漫主义诗人,脑子里蹦出来的往往首先是俄国的普希金,英国的雪莱和拜伦,而不会是英国的华兹华斯、柯勒律治、骚塞,法国的夏多布里昂、拉马丁,因为这些诗人被高尔基归入了消极浪漫主义阵营。

在中国,我们接受的更多的是积极浪漫主义一派。说起李白是"浪漫主义",就强调他"安能摧眉折腰事权贵,使我不得开心颜"的这一面——这表明了他对于唐朝权贵的反抗。但与此同时,我们可能忘了李白还有"仰天大笑出门去,我辈岂是蓬蒿人"的一面,那时候皇上召他入宫,他非常高兴。——只强调李白反抗的、不同流合污的那一面,是不够的。同样,只强调杜甫是现实主义诗人也是不够的。如今,我们已经获得了各种文学批评的方法,这时候我们看古代文学,就应该不囿于既有观念,而进入到更多的历史细节,进入历史的此时此刻。

那么要谈论杜甫的此时此刻就不得不看一看安史之乱究竟死了多少人?唐朝的人口峰值是安史之乱之前的754年,正逢盛世,中国人口达到五千三百万或者还多一些。安史之乱大概持续了七年时间(755—762年),等到大局基本安定下来朝廷重新统计人口,发现人口至少减少了一半。死了那么多人,这不是简简单单说哪个诗人是浪漫主义者或者是现实主义者就能对付得了的。

多少人的去世才把杜甫推到现实主义的位置上？所以讨论杜甫的现实主义，一定要将杜甫的诗歌和当时死亡的人数挂钩。

"野旷天清无战声，四万义军同日死。"（《悲陈陶》，至德元年，756年）唐军四万人哗啦就没了。广德二年（764年），他写过一首诗叫《释闷》："豺狼塞路人断绝，烽火照夜尸纵横。"烽火照着夜晚，死尸狼藉，这不是杜甫的想象，一定是他见到的情况。永泰元年（765年），杜甫写过《三绝句》，其中第二首写得至惨："二十一家同入蜀，唯残一人出骆谷。自说二女啮臂时，回头却向秦云哭。"二十一家人一起逃难进入蜀地，只有一个人出了骆谷，全死掉了。这人遇到杜甫，诉说起自己的逃难经历。"自说二女啮臂时"，啮臂就是咬自己手臂咬到出血，古人如果知道这是生离死别，就要"啮臂而别"。想起这些惨痛的经历，讲述人面向着秦地的云彩，号啕大哭。这些东西杜甫全都碰上了，这构成了他强烈的现实感。大历元年秋（766年），杜甫在《驱竖子摘苍耳》这首诗里说到："富家厨肉臭，战地骸骨白。"大历元年他还写过一首诗叫做《白帝》："戎马不如归马逸，千家今有百家存。"——基本上活人只剩下十分之一了。大历四年（769年）他在《北风》这首诗中说："十年杀气盛，六合人烟稀。"大历五年（770年），杜甫的最后一年，其《白马》诗句："丧乱死多门，呜呼泪如霰。"从杜甫的诗里我们可以感觉到一个最醒目的话题，就是战乱流徙中死了多少人。与唐朝其他诗人相比，杜甫直面了这些东西，所谓"即事名篇"，其他人少有做到。所以杜甫孤零零地成为了大诗人。——当然他成为大诗人也是因为他"晚节渐于诗律细"（《遣闷戏呈路十九曹长》）——而这一点又是他迎着战乱，在逃亡、饥饿、孤独和漂泊中，面向死亡，而做到的。

杜甫在那样一种战乱的情况下，遇到那么多的艰辛、别离、饥饿（《彭衙行》"痴女饥咬我"）、疾病、死亡，可以说他被激发成一位如此独到的诗人。如果我们只是讨论杜甫的现实主义，而不能把现实主义讨论到杜甫的此时此地、此时此刻这个点上，讨论到杜甫本人的现实感这个点上，我们实际上还不能切身感觉到杜甫诗歌的力量，我们读杜甫诗歌的时候就不会起鸡皮疙瘩。

杜甫有很多诗句写到动物。如果不囿于"比兴"的概念，我们也许会看到更多的东西。他写到：

猛虎立我前，苍崖吼时裂。（《北征》，至德二年，757年）
熊罴哮我东，虎豹号我西。我后鬼长啸，我前狖又啼。

(《石龛》,乾元二年,759年)

黄蒿古城云不开,白狐跳梁黄狐立。(《乾元中寓居同谷县作歌七首》,乾元二年,759年)

洪涛滔天风拔木,前飞秃鹙后鸿鹄。(《天边行》,广德元年,763年)

前有毒蛇后猛虎,溪行尽日无村坞。(《发阆中》,广德元年,763年)

泉源泠泠杂猿狄,泥泞漠漠饥鸿鹄。(《久雨期王将军不至》,大历二年,767年)

猛虎卧在岸,蛟螭出无痕。(《别李义》,大历二年,767年)

熊罴咆空林,游子慎驰骛。(《送高司直寻封阆州》,大历二年,767年)

空荒咆熊罴,乳兽待人肉。(《课伐木》,大历二年,767年)

虎之饥,下巉岩;蛟之横,出清泚。(《寄狄明府博济》,大历二年,767年)

风号闻虎豹,水宿伴凫鹥。(《水宿遣兴,奉呈群公》,大历三年,768年)

入邑豺狼斗,伤弓鸟雀饥。(《移居公安,敬赠卫大郎钧》,大历三年,768年)

狐狸何足道,豺虎正纵横。(《久客》,大历三年,768年)

舟中无日不尘沙,岸上空村尽豺虎。(《发刘郎浦》,大历

三年，768年）

看来杜甫对于险境，对于野兽这些东西有着特别的敏感。我相信有的时候是他见到了这些东西，有的时候可能是心里见到了。这让我联想到但丁《神曲》的开篇："在人生的中途，我迷失于一片幽暗的森林。"之后但丁写到，他遇到豹子、狮子和母狼。这里但丁当然有其象征含义。而杜甫在他写到野兽的时候，难道仅仅是描写吗？我斗胆猜测一下，杜甫在唐代就已经摸索到了13世纪末14世纪初的但丁，以及19世纪中后期的法国才有的象征主义的写法。杜甫不光是写动物。他有一首诗叫做《佳人》（乾元二年，759年），山谷里遇到一个被抛弃的妇女，我觉得那完全是象征主义的写法。他还有一首诗叫《瘦马行》（乾元元年，758年），写的是他看见一匹瘦马。虽然写的是马，但实际上写的是他自己和那个时代。如果拿这首诗与俄国当代诗人布罗茨基的《黑马》做一个比较，一定很有意思。类似的诗还有一首《义鹘行》（乾元元年，758年），一首《呀鹘行》（大历三年，768年），后者写一只丑鸟（"病鹘孤飞俗眼丑"），一般少被提及。还有一首《客从》（大历四年，769年），寓言的写法，很奇怪，不是杜甫的一般风格：

客从南溟来，遗我泉客珠。

珠中有隐字，欲辨不成书。

缄之箧笥久，以俟公家须。

开视化为血，哀今征敛无！

像这类作品过去一直被当作现实主义诗歌。我建议把它们的文学意义再放大些。

五、杜甫的时空感

在《唐诗的读法》里我特别强调回到唐诗的现场，切身感受唐代诗人的写作观念。杜甫的诗歌处理的是他的此时此刻和此地。但他所有的此时此刻，又跟百年之前或者百年之后勾连在一起，他喜欢以"百年"作为时间跨度（"百年多病独登台"）。而他的此地此景，又常跟千里之外、万里之外勾连在一起。所以说，杜甫的时空感是非常复杂的。

我在《唐诗的读法》中提到。他的诗歌中包含了三种时间。一种是自然时间，一种是个人时间，一种是历史时间。此时此刻的有血有肉的个人时间，与四季轮回的自然时间，每个诗人都有。但杜甫的历史时间感（其空间感也一样），在其他诗人身上是很少见的。我们发现杜甫经常会使用到一个字，"万"。比如"万里悲秋常作客"。这个字（词）在西方语言里没有，西方语言一万就是 ten thousand（十千）。即使是一个数词，也能说明中西思维方式的不同。我们看问题的单位是万，人家看问题的单位可能是千。这是个有趣的现象。

杜甫的时空感，是以苍茫的"万"字为基本单位的：

我生何为在穷谷，中夜起坐万感集。（《乾元中寓居同谷县作歌七首》）

窗含西岭千秋雪，门泊东吴万里船。[《绝句四首》（其三）]

楚天不断四时雨，巫峡常吹万里风。（《暮春》）

尤工远势古莫比，咫尺应须论万里。（《戏题王宰画山水图歌》）

万里悲秋常作客，百年多病独登台。（《登高》）

万里鱼龙伏，三更鸟兽呼。（《北风》）

万里衡阳雁，今年又北归。[《归雁二首》（其一）]

乾坤万里内，莫见容身畔。（《逃难》）

九秋惊雁序，万里狎鱼翁。(《天池》)

黄四娘家花满蹊，千朵万朵压枝低。[《江畔独步寻花七绝句》(其六)]

著处繁华矜是日，长沙千人万人出。(《清明》)

兵戈不见老莱衣，叹息人间万事非。(《送韩十四江东省觐》)

百年从万事，故国耿难忘。(《遣闷》)

万事干戈里，空悲清夜徂。(《倦夜》)

新松恨不高千尺，恶竹应须斩万竿。[《将赴成都草堂，途中有作，先寄严郑公五首》(选一)]

花近高楼伤客心，万方多难此登临。(《登楼》)

群山万壑赴荆门，生长明妃尚有村。[《咏怀古迹五首》(其三)]

万姓悲赤子，两宫弃紫微。[《咏怀二首》(其一)]

万姓疮痍合，群凶嗜欲肥。(《送卢十四弟侍御护韦尚书灵榇归上都二十韵》)

万古一骸骨，邻家递歌哭。[《写怀二首》(其一)]

江涛万古峡，肺气久衰翁。(《秋峡》)

谁怜一片影？相失万重云。(《孤雁》)

三年笛里关山月，万国兵前草木风。(《洗兵行》)

十年戎马暗万国，异域宾客老孤城。(《愁》)

百年同弃物，万国尽穷途。(《舟出江陵南浦，奉寄郑少尹审》)

提封汉天子，万国尚同心。(《提封》)

万国城头吹画角，此曲哀怨何时终？(《岁晏行》)

天下郡国向万城，无有一城无甲兵。(《蚕谷行》)

万象皆春气，孤槎自客星。(《宿白沙驿》)

这是我从杜甫的诗里找出来的一些跟"万"字有关的诗句。还有很多，甚至太多了。这样的大尺度时空与李白的"白发三千丈""飞流直下三千尺""天台四万八千丈"算是旗鼓相当了。这样大规模地使用"万"字，在现代汉语的写作中恐怕是不行的。但我们于此可以感觉到杜甫的时空感。又是此时、此刻、此地，又是极其广阔，无边无际。这也就是有限和无限的交融，是其此时此地和古往今来、天下万国之间的关系。所以，只强调杜甫的此时此地、他的现实感，还不足以讨论杜甫，必须是把这两个因素结合在一起。杜甫为什么是集大成者？为什么高于别的诗人？就是因为他的诗里充满了辩证法，阴和阳的辩证法、古往和今来的辩证法、此地和万里之外的辩证法，还有言志和载道的辩证法，等等。

讨论杜甫的平仄，讨论杜甫的用韵，讨论杜甫的语词、用典、对仗、拗体、雄浑、巧妙、省俭、铺排，那只是欣赏型的阅读。这种阅读当然是必要的，但我不满足于这样来读古诗。我希望我们读诗的时候，能回到那个时代，能起一身鸡皮疙瘩。这时候，我们就不是在"欣赏"杜甫这样一位伟大的诗人，而是在"体验"一位伟大的诗人。

六、杜甫的趣味

杜甫作为一位伟大的诗人，他的艺术趣味究竟如何？这从他跟视觉艺术的关系就能感受出来。我在《唐诗的读法》用了一个拓片作为插图，是《严公九日南山诗》。有人说这是杜甫唯一存世字迹，在四川的一个石窟里发现的，上面写着"乾元二年杜甫书"。但究竟这是不是杜甫的文字书写我不敢打包票。启功先生判断这是宋人的仿造。如果是宋人的仿造，那仿造者有所本吗？那个碑的形制——中间有一个窟窿——应该是古制。类似的形制在汉代较常见，例如东汉《袁安碑》。《严公九日南山诗》的字形偏瘦，我猜应该接近于杜甫的书写风格。

杜甫曾经称赞过薛稷的书法，而薛稷《信行禅师碑》是偏瘦的初唐书风。杜甫也喜欢褚遂良的书法："褚公书绝伦。"（《发潭州》，大历四年，769年）再看为杜甫所赞慕的李邕的书法，也是偏瘦。见其《云麾将军碑》。杜甫在大历元年（766年）为其外甥李潮作《李潮八分小篆歌》曰："峄山之碑野火焚，枣木传刻肥失真。苦县光和（东汉光和年间立于苦县的老子碑碑文书法）尚骨立，书贵瘦硬方通神。"——有趣的问题来了：他喜欢颜真卿的字吗？颜真卿审讯过杜甫，在杜甫因疏救房琯而得罪了肃宗皇帝以后。

杜甫的艺术趣味看来偏瘦。玄宗开元二十九年（741年），正值三十岁的杜甫写有一首诗叫《房兵曹胡马》，"胡马大宛名，锋棱瘦骨成。"杜甫从年轻时代就对瘦马感兴趣。他后来写《瘦马行》，看来"诗"出有因，他对瘦马很有感觉。

杜甫在寓居成都时曾经给三国高贵乡公曹髦的后代，也就是曹操的后代，画家曹霸写过一首中国美术史绕不过去的诗《丹青引赠曹将军霸》。诗中说："弟子韩幹早入室，亦能画马穷殊相。幹惟画肉不画骨，忍使骅骝气凋丧。"韩幹是唐代画马高手，早年从曹霸学过画。他的画迹或者画迹摹本现在还能看到。从现藏于纽约大都会博物馆的《韩幹照夜白》和现藏于台北故宫博物院的《韩幹牧马图》看,韩幹的马画得的确肥壮,马屁股浑圆。这是杜甫不喜欢的。他认为这样的马没画出骨头,也就失去了"气"。再联想到杜甫说"五陵衣马自轻肥"(《秋兴八首》)的"肥马",我们对杜甫的好恶、价值判断、审美趣味就很清楚了。

七、结语

现在,我们慢慢建立起杜甫的形象了。从他"天地一沙鸥"的精神状态,到他衰朽的外貌,从他目睹生灵涂炭的现实感,到他有限与无限相结合的时空观,以及他偏瘦的美学趣味,我们大概就知道了杜甫这个没能活到六十岁的"老头"长什么样子了:这是一个看上去悲苦的形象。当然,杜甫也有他稍微高兴的时候。他也写过有意思的诗,像《缚鸡行》《驱竖子摘苍耳》,都写得比较烂漫。

我前面提到过的雷克思洛斯,翻译过中国很多古诗,也翻译过李清照的诗。他对杜甫有一个看法我觉得特别好,我用它来结束今天跟大家的谈话。雷克思洛斯认为杜甫所关心的，是人跟人之间的爱，人跟人之间的宽容和同情，他说："我的诗歌毫无疑问的主要受到杜甫的影响。我认为他是有史以来在史诗和戏剧以外的领域里最伟大的诗人，在某些方面他甚至超过了莎士比亚和荷马，至少他更加自然和亲切。"非常崇高的评价，这样崇高的诗人值得我们想尽一切办法向他靠近。在靠近的努力当中，当代通行的很多关于杜甫的陈词滥调就被打碎了。

讲座现场提问环节

提问：西川老师您好，我了解到您之前一直偏西方的趣味，是什么契机让您对杜甫或者唐诗充满了兴趣？您觉得杜甫对于当下诗歌爱好者来说，最大的教益是什么？

西川：我从小喜欢中国古代文学，还有中国古代的艺术和绘画。80年代正好赶上启蒙，我也就读了很多的外国书，但我对于中国古代的东西从来没有放掉过，只不过很少跟别人展示这一面。别人总要求我说说庞德，说说博尔赫斯，说说米沃什——因为我翻译了这些人的诗。但没有人给我机会说说中国古代文化。我曾经很长时间在中央美院教书，我给本科生上的一门课就是中国古代文学，我一直都没有撒过手。中国古代文化我一直都感兴趣，不光是诗，包括中国古代绘画我也感兴趣，我搜集了大量的美术图片。

杜甫这样的诗人对于今天的意义，在于杜甫曾经达到的高度。中国当代的古体诗不是真正的古体诗，真正古体诗的文化背景是"经史子集"。写诗的古人，见面不一定谈诗，而是会讨论"经史子集"。现在很少有人有这个本领。唐朝的文化、唐朝的诗歌就摆在这儿，对于今天的写作者来讲，高度就在那儿。不论我们是写新诗还是写古体诗，就这一行古诗悬在这儿——"关塞极天唯鸟道"。它是一个坐标，非常重要的坐标，让我们知道我们的写作到了哪个程度。

提问：在这个泥沙俱下的时代，现在的知识分子，还配不配成为精英，走向崇高？

西川：我们知道社会和时代是泥沙俱下的，有些人有洁癖，受不了泥沙俱下，就躲进小楼成一统。有些人没有那么大的洁癖，我看着泥沙俱下就觉得很好，对我来讲,这都可以构成创造力的一部分。所有的脏乱差对我来说都是文学艺术滋养,我自己朝着脏乱差敞开,我觉得有趣,好玩。杜甫也不是一个关着门写诗或者在象牙塔里写诗的诗人。如果我们就决定做象牙塔里的诗人,也未尝不可。我的建议是把象牙塔里的写作推向极端,不然没有力量。比如说我是喜欢干净的人,干净作为写作风格是不够的,一定要把干净发展到洁癖,这时候从文学上讲才有意义。可以向时代敞开,也可以不向时代敞开,但你不向时代敞开的时候,一定要把你个人的风格推向不可重复的状态。

提问:与杜甫同时代的其他诗人,比如说王维或者李白,他们也都处在安史之乱的节点上,为什么却没有像杜甫那样能抓住这个情景下民众的生活?

西川:很多人都没有写安史之乱,有好多原因。有的人忙着领兵打仗顾不上,比如高适。有些人是写不了,过去处理风花雪月的那套语言处理不了安史之乱。只有杜甫这种每个汗毛孔都向着时代张开的人,可以处理安史之乱。由于安史之乱,杜甫发明了一套新的写法,这是非常了不起的。我在《唐诗的读法》中强调了杜甫的

"当代性"。其实，不一定非得遇到安史之乱诗人才能写出伟大的诗歌。哪怕是生活当中的一个小事，你不回避它，而是面对它，你写诗的第一步就成了。杜甫就做到了这一点。处理时代问题的第一步是触及时代，在日常生活中触及。

安史之乱以来，唯一一个面对大变局的就是杜甫，李白写过一点，但不是主要的，高适也不写，他们的创造力已经不向这样的大变局敞开了。这时候就可以见出杜甫的难能可贵。很多古代文学到今天已经纯粹变成了修辞，但在杜甫的诗里，文学现场的有效性到今天依然存在。所以杜甫的诗歌有超越修辞的一面。这是杜甫诗歌的生命力到今天依然还在的原因。

2018.6.6—7.17

附录三

石鼓｜石鼓文｜石鼓歌

一

我工作室的墙上挂着一件清中期官僚、学者阮元据天一阁北宋石鼓文拓本翻刻的石鼓文旧拓。阮元所据拓本原为元代画家、书法家赵孟頫所藏，后归宁波天一阁，但终毁于太平天国兵燹。阮元曾两回摹刻石鼓，一次在嘉庆二年（1797年），一次在嘉庆十二年（1807年）。前者置杭州府学明伦堂壁间，后者置扬州府学明伦堂壁间。岐山石鼓天下摹刻颇多，以阮氏摹刻为佳；两回摹刻，以杭州府学本为精。书法家伊秉绶尝赞阮元翻刻石鼓文曰："大儒好古，嘉惠艺林，洵盛事也。"

应该是五六年前，我在北京潘家园旧货市场偶见此拓本。所拓古字，我多不识，但直觉以为其字高古，猜想是某青铜器铭文的清代翻刻拓本（因为其上有"北平翁方纲观；男□树培、树崑□侍"字样）。而售卖者亦不

清阮元翻刻的石鼓文旧拓（西川藏）

识此为何物，遂低价卖我。回家一查，竟是石鼓文的阮元翻刻拓本，而且是杭州府学本。拓片上的文字属大篆类，介乎西周金文与秦小篆之间，又称"籀书"，相传为周宣王太史籀所创。据说在唐代，石鼓原存四百六十五字，到北宋大观年间剩余四百三十二字，到元代大德年间剩余三百八十六字，就是今天石鼓原石上文字呈现的样貌。十五、十六世纪之交的明代收藏家安国曾藏有十种石鼓文拓本，因自号家门"十鼓斋"。其中最佳者为北宋三拓。他仿照军兵三阵名之为《先锋》《中权》《后劲》。这些拓本，世上保存石鼓文字数最多，后流传到日本，藏东京三井纪念美术馆。我这件翻刻拓片或许意义不大，但依然让我领略到石鼓文字浑劲的笔画，规矩的结体，感受到其庄重圆融、古茂丰雄的神秘乃至神圣。正是这件翻刻拓片将我带向了石鼓、石鼓文、石鼓诗。

石鼓又称"猎碣"，我这件拓片为第二碣。其诗曰：

汧（qiān）殹（yì）沔沔，烝彼淖（nào）渊。
鰋鲤处之，君子渔之。
漮（漫）有小鱼，其游散散。
帛鱼皪（lì）皪，其笾氏鲜。
黄帛其鳊，有鲔有鯜（mián）。其胳（qì）孔庶。

附录三 石鼓｜石鼓文｜石鼓歌　231

鸒（luán）之毚毚，汗汗博博。

其鱼维何？维鱮（xù）维鲤。

何以苞之？维杨及柳。

　　这段诗被研究者命名为《汧殹篇》，记述的是秦国君臣兵士的一次捕鱼活动；诗后段也记述了做饭加工的场景。郭沫若对本诗有清楚的解读，网上可以查到。当我能够试着读下它来，而且感受到它的韵脚，我心生莫大欢愉，不免好奇若此诗当初被孔夫子收入《诗经》，该入《风》还是《雅》还是《颂》？——当然孔夫子也许不收，那是他老人家的事。韩愈说："周诗三百篇，雅丽理训诰。曾经圣人手，议论安敢到。"（《荐士》）《汧殹篇》所叙与秦国君臣有关，它被费劲地，正式地，甚至庄严地凿刻于石鼓，在当时肯定不是小事。那么一般说来，它应该有一种场面化的庄重腔调。然此诗却传达出日常、温暖、活泼、乐观的感觉。当作者说到"瀸（漫）有小鱼，其游散散"的时候，他表现出兴致勃勃的样子。而他这种兴致似乎在示范后人：古今同心。对上古生活、上古政治、上古经济，《汧殹篇》开我眼界。

　　猎碣石鼓一共十面（今存九碣半）。每鼓一诗，诗皆四言。因为这些诗作的启首用语，学者们将石鼓分别

232　唐诗的读法

命名为：午原、而师、马荐、吾水、吴人、吾车、汧沔（汧殴）、田车、銮车、霝雨。这些诗作所叙所咏涉及征旅、修路、渔猎、收获、操练，以及发生在出征或狩猎归途中的遇雨、涉水、行舟之事。被称作《吾车篇》的这一首石鼓诗也很完整：

> 吾车既工，吾马既同。
> 吾车既好，吾马既阜。
> 君子员猎，员猎员游。
> 麀鹿速速，君子之求。
> ……

此诗有类《诗经·小雅·车攻》："我车既攻，我马既同。四牡庞庞，驾言徂东。"渊博的孔夫子"西行不到秦"，没能对秦地歌诗做现场调查，他肯定是没见过，没听到过《吾车篇》。

上古华夏究竟有多少诗篇泯然无迹？《墨子·公孟》谓"诵诗三百，弦诗三百，歌诗三百，舞诗三百"，合当古诗一千二百首。章太炎《国学讲演录·经学略说》："太史公谓古诗三千余篇，孔子删为三百篇。或谓孔子前本仅三百篇，孔子自言'诗三百'是也。然《周礼》言九德、六诗之歌。九德者，《左传》所谓水、火、金、木、土、谷、正德、利用、厚生。九功之德皆可歌者谓之'九歌'。六诗者，一曰风，二曰赋，三曰比，四曰兴，五曰雅，六曰颂。今《诗》但存风、雅、颂，而无赋、比、兴。……九德、六诗合十五种，今《诗》仅存三种，已有三百篇之多，则十五种当有一千五百篇。"对虽事锋又自诩好古的我来说，识得《诗经》之外的上古诗篇，感觉更多拥有了一个文化秘密，好像贸然得福，独占了什么，私心以为在知识和精神的台阶上又登高了一级。

十面石鼓于唐代初年出土于凤翔府天兴县（今陕西宝鸡）三畤原，唐人称之为"陈仓石碣"或"岐阳石鼓"。韦应物、韩愈皆以之为周宣王时代的故物。宋人郑樵《通志略》以为石鼓作于秦惠文王之后、始皇帝之前。近现代罗振玉、马叙伦均认其出自秦文公时代。据郭沫若《石鼓文研究》考证，石鼓作于秦襄公八年（前770年）。金石学家唐兰考证以为，石鼓刻凿时代当在秦献公十一年（前374年）。今人刘星、刘牧则确认石鼓文当产生于始皇二十八年（前219年）到三十四年（前213年）之间。若此，则与李斯小篆勒石几乎同时。但石鼓文与李斯小篆何其异类！——学者们的莫衷一是，更增添了石鼓的神秘。

出土以后，石鼓最早被存放在凤翔孔庙。做《石鼓歌》的韩愈见到的是好友张籍持来的拓本。遇五代战乱，石鼓散于民间，至宋代几经周折，终又收齐，置放于凤翔学府。参与寻找石鼓的人中包括了司马光的父亲司马池。宋徽宗于大观二年（1108年）将其迁至汴京（今河南开封）国学。逢靖康之难，石鼓被金人北掠，因不知其价值，中途被弃置荒野。后石鼓又流落到北京。有文化的康熙皇帝、乾隆皇帝都对石鼓呵护有加。抗战时期，故宫博物院院长马衡主持将石鼓南迁，兜兜转转，险象迭出，但最终完好无损返回北京。解放战争后期，石鼓本在运送台湾之列，但因其太沉，上不了飞机，没能被运走。1956年石鼓在北京故宫展出。展馆原在皇极殿东庑房。2004年重新开展，展馆移至宁寿宫。

2019年秋，我因参与拍摄纪录片《与古为友》，与摄制组一起进入故宫。走着走着，路过皇极殿后面的宁寿宫，忽见有石鼓展，便走进了展厅。这是我第一次见到石鼓原石。见得很突然。感觉那十座外形似鼓的花岗岩刻石就是沧桑本身。每石高约九十厘米，直径约六十七厘米，重约一吨。那冰凉的石头，曾经颠沛流离的石头，被康有为称作"中华第一古物"的石头，作为古文明核心象征的石头，其暗沉的色泽、斑驳的石皮、

石鼓（故宫博物院藏）

号称"汉字之祖"的残存的古字、不见于《诗经》而又为我熟知的古诗歌，令我晕眩穿越。我胸中涌起日星出没的洪波，仿佛得见秦国的君臣、狩猎捕鱼的士兵、烟尘与猎猎旌旗，仿佛听见士兵们的呼喊与石匠们叮叮的凿刻声。我当时真有跪拜之心，但没好意思。按捺流连之后，我假装平静地走出宁寿宫，望着旧朝的黄瓦红墙、新时代的四海游人，投入纪录片拍摄，但内心里排列着如大星陨石的石鼓。

二

如果这些石鼓上仅镌刻着实用的纪实纪事文字，而不是《诗经》之外的诗篇，如果这些石鼓和石鼓文字不是被张九龄、杜甫、岑参、韦应物、韩愈、梅尧臣、欧阳修、苏轼、苏辙、张耒、张养浩、揭傒斯、李东阳、董其昌、朱彝尊、王士禛、康熙皇帝、乾隆皇帝、沈德潜、姚鼐、翁方纲、曾国藩等等高人吟咏过或者写到过，我在亲眼见到它们时不会荡胸波涌。石鼓所系之诗文、之文化记忆，自唐世以来形成了一个宏硕的系列。这个诗文系列在中国文学、文化史中非比寻常。

韦应物《石鼓歌》曰：

周宣大猎兮岐之阳，刻石表功兮炜煌煌。

石如鼓形数止十，风雨缺讹苔藓涩。

今人濡纸脱其文，既击既扫白黑分。

忽开满卷不可识，惊潜动蛰走云云。

喘逶迤，相纠错，乃是宣王之臣史籀作。

一书遗此天地间，精意长存世冥寞。

秦家祖龙还刻石，碣石之罘李斯迹。

世人好古犹共传，持来比此殊悬隔。

如果没有略晚出的韩愈《石鼓歌》，韦应物的"周宣大猎兮岐之阳，刻石表功兮炜煌煌"也应算雄蒙大语，为人牢记。但是论影响，在石鼓歌书写系列，当然首推韩愈韩退之的不朽杰作《石鼓歌》。该诗创作于元和六年（811年）。诗中韩愈建议将石鼓从荒野运回，免受风霜与人为破坏，应置放并保护于太学，供诸生讲解切磋。其诗如此开篇：

张生手持石鼓文，劝我试作石鼓歌。

少陵无人谪仙死，才薄将奈石鼓何。

周纲凌迟四海沸，宣王愤起挥天戈。

大开明堂受朝贺，诸侯剑佩鸣相磨。

蒐于岐阳骋雄俊，万里禽兽皆遮罗。

镌功勒成告万世，凿石作鼓隳嵯峨。

从臣才艺咸第一，拣选撰刻留山阿。

雨淋日炙野火燎，鬼物守护烦㩻呵。

……

这里韩愈用七言，并未袭用石鼓诗四言做句的形式。其诗启句平实，然后荡荡铺开，高追远古，将石鼓置于万世之中。按照中国古诗的一般体量，韩愈《石鼓歌》就算长诗了。不避我出，不化物我，纵横叙事，以文为诗，营语排纂，行文厚密，有时佶屈聱牙，却回肠荡气，仿佛对应着石鼓的古、硬、重、奥，以及风霜，以及文武合体之质。不知道是否有人说过，韩愈《石鼓歌》其实开创了一种诗歌的风格传统，我们可以简单称之为"石鼓歌传统"。韩愈身后虽亦有诗家以飘逸之语、短小形式吟咏石鼓——如清代王士禛作五言律诗《石鼓山》："遥忆岐阳狩，来过石鼓山。韩苏今地下，星斗尚人间……"但大多数后代诗人咏石鼓好像都是在续写韩愈的《石鼓歌》。约略说来，一个时代有一个时代的写作风格，唐诗是唐诗，宋诗是宋诗，但要书写石鼓，宋、元、明、清的诗人们多取韩愈为模范。绝了！而且天下古物、古迹数不胜数，但为什么不同时代、朝代的诗人们并不使用统一风格书写例如杭州苏堤或者洞庭湖岳阳楼？石鼓歌书写系列堪称独有！我们由此看出韩愈的魔力，或者说是石鼓与韩愈共谋的魔力，将后代诗人中的不少人编入了同一个队列。

站在这个队列前头的除了梅尧臣，就是嬉笑怒骂又元气淋漓的苏轼苏东坡。但他"续写"《石鼓歌》时收起了自己常用的语调而改用韩愈的语调，仿佛韩公附体。北宋嘉祐六年（1061年）十二月十四日，苏轼到凤翔签判任。十六日，谒当地孔庙，抚石鼓，作《石鼓》诗。该诗为组诗《凤翔八观》之一。苏轼《石鼓》诗如此开篇：

冬十二月岁辛丑，我初从政见鲁叟。
旧闻石鼓今见之，文字郁律蛟蛇走。
细观初以指画肚，欲读嗟如箝在口。
韩公好古生已迟，我今况又百年后。
强寻偏旁推点画，时得一二遗八九。
我车既攻马亦同，其鱼维鱮贯之柳。
古器纵横犹识鼎，众星错落仅名斗。
模糊半已似瘢胝，诘曲犹能辨跟肘。

娟娟缺月隐云雾，濯濯嘉禾秀稂莠。

漂流百战偶然存，独立千载谁与友。

……

与韩诗一样，苏诗也是启句平实，但随后进入大开大合的表述，且用仄韵，写得比韩愈更像韩愈。等于把韩愈又发明了一遍。他首先把他的弟弟苏辙带进了这个石鼓歌队列。苏辙写有《和子瞻凤翔八观八首其一石鼓》："岐山之阳石为鼓，叩之不鸣悬无虡。以为无用百无直，以为有用万物祖。置身无用有用间，自托周宣谁敢侮。宣王没后坟垅平，秦野苍茫不知处……"再后来的诗人们好像不加入这个队列就难称"诗人"：元代王冕、明代王维桢、董其昌、吴宽、李东阳、清代沈德潜等人纷纷入场，搞得连乾隆皇帝都摩拳擦掌地入列（乾隆五十五年，1790年，曾特令仿刻石鼓，置之辟雍。仿鼓现存北京孔庙）。乾隆《石鼓歌》可能是老皇帝比较上档次的诗作之一：不仅韩公附体，苏公也附体，或者说是韩、苏化作了石鼓幽灵，附在了乾隆皇帝的身上。他的《石鼓歌》虽用到成语、套话，但写得像模像样，也是以纪事开始：

> 石鼓之数符天干，千秋法物世已少。
> 况乎辟雍所罗列，多士藉以资探讨。
> 韩苏杰作遥唱和，近者德潜诗亦好。
> 濡笔将吟复屡停，蛇足今添笑绝倒。
> 昌黎建议虽不行，至竟如言见诚蠢。
> 东坡寓意良独深，新法当时实滋扰。
> 德潜力欲追二公，横盘硬语抒文藻。
> ……

韩苏石鼓幽灵飘荡到清晚，曾国藩下场作《太学石鼓歌》，在石鼓歌书写传统上认祖归宗，风格潇洒纵横，铺排八荒，与韩、苏的石鼓歌样式不差毫厘：

> 韩公不鸣老坡谢，世间神物霾寒灰。
> 我来北雍抚石鼓，坐卧其下三徘徊。
> 周宣秉旄奠八柱，岐阳大狩鞭风雷。
> 四山置罦匝天布，群后冠带如云来。
> 东征北伐荡膻秽，方召喧喧何雄哉！
> 铭功镌石告无极，欲镇后土康八垓。
> ……

王羲之、谢安为中国斯文贡献了"兰亭修禊";苏轼、黄庭坚、王诜、李公麟、米芾贡献了"西园雅集"。这都是具体、特定空间、时间里的神话。而韩愈、苏轼、乾隆皇帝、曾国藩等在时间的维度上"雅集"于石鼓,堪称"千古雅集"。而这个雅集,千百年来不断赋予石鼓、石鼓文、石鼓诗以更多的文化含义。过而言之,嬉而言之,不入"石鼓歌队列"就是不入斯文队列;在古代,中唐以下,那些号称诗人但无能入此列者,庶几不足与论。

2020.12.10

附录四

答刘净植问：我接唐朝的地气儿

本访谈的删节版发表于 2018 年 3 月 30 日《北京青年报·青阅读》。导语为刘净植女士所写。这里是访谈全文。

我们都知道唐诗的伟大，但是，我们真的了解唐诗吗？比如《全唐诗》近五万首诗中百分之七十都是应酬诗；比如唐人为应付写诗，很多人都带着"随身卷子"随时"打小抄"；比如浅白如白居易并不在乎在老太太中间获得铁杆粉丝；比如王维一定不喜欢李白；比如写下"二十四桥明月夜"的杜牧还是优秀的军事学家……诗人西川《唐诗的读法》，就揭示了唐诗许多不为人熟知的"真相"。然而仅以此来介绍这本气象开阔的诗论未免轻浮，充满着当下思考和问题意识的西川，在书中大胆而直率地引领今天的读者重返历史现场去学习如何读懂唐诗，并将唐诗的"创造秘密"带回当下，为今天的新诗创作和阅读提供参考。

我需要与我的文学经验相称的、透着历史感的文学批评硬度和强度

《唐诗的读法》开宗明义就强调了此书不是对唐诗的全面论述，而是针对当代唐诗阅读中存在的种种问题，从一个写作者的角度给出看法。您一开始就谈到我们熟知的大部分人阅读古诗文的态度：即把古人供起来、仅从文化意义上去获取熏陶和滋养的读法，您认为这离李贺所说的"寻章摘句老雕虫"不远了。做下如此鲜明的否定，您是否已经做好得罪多数好读古诗文、能背诵和使用古诗词的读者的准备了？

我长期在大学里教书。每次开始一门课程，我都会对学生们讲，既然你们来上我的课，你们就得准备好告别你们过去习得和养成的一些审美习惯和思维方式，真正进入由伟大灵魂创造的文学。我们自己不一定是伟大灵魂，但能够获得接近伟大灵魂的机会也是好的。这里涉及两个问题：一个是审美问题，究竟什么是美的、美的多样性、美和俗气的关系、美和崇高的关系、美的难度、美的当下性（时尚的和反时尚的）、美的变与不变，等等；第二个问题是文学艺术的发生问题，包括创作现

场、时代的文化与政治环境、主流和支流的文化趣味、历史逻辑、人们说话的对象、经济条件与物质条件,等等。您已经注意到了,我是"从一个写作者的角度给出看法",这也就是说,在讨论问题时我不可避免地会带入个人经验所赋予我的看问题的角度。从事文学艺术创造,你会敏感于一些所谓"秘传"的东西。它们不见于书本,是你必须自我提升或下潜到一定程度才能看到、听到和悟到的东西。我一向尊重学者们穷经皓首的工作,他们的工作使我受益良多。当然我也能够区分有才华的学者和没有才华的学者。

> 事实上在我们大多数人的教育经历中,普遍接受的,都是以提纯的方式,也就是说单纯从文学或者文化的角度来学习和阅读古诗文的,相信在您的阅读经验里,也有过这样的经历吧?

我的阅读经验里当然包括了大量的"提纯阅读",也就是我书中说的"以面对永恒的姿态"来面对古圣先贤的文化遗产的阅读。但当我思欲向他们靠得更近一点的时候,思欲与他们同台演出而不是仅做观众的时候,我发现自己找不到登台的阶梯。于是我就知道了"提纯阅读"的局限性。"提纯阅读"是句读和风格意义上的欣赏型阅读,是非历史化的阅读,指向格式化了的审美和道德的自我塑造。但要参悟创造的秘密,这是远远不够的。

不仅是教育,连学术界古典文学研究的主流,至今也多是进行纯文化领域的研究。您认为这种阅读和研究的传统是如何形成的呢?

这个问题我不好回答。我认为自己首先是一个诗人——艺术家诗人——而不是学者,尤其不是学术史学者。但我想,中国古人的历史书写和学术研究总会包括"究天人之际通古今之变"的因素。在文学研究方面,《文心雕龙》以后,《诗品》《诗式》以后,涉及诗歌写作与鉴赏的多为"诗话"类著作。这是传统批评,有人把它看做"诗余"之事(元好问以诗评诗并不常见)。在更广阔的学术界,经过明代的覆亡和清初向汉儒致敬的乾嘉学派的兴起,所谓学术,就必须容纳严谨的考据,避开义理讨论。这当然符合历史逻辑。但其不足之处也显而易见。五四以后,白话文写作(包括文学的和学术的)登场,现在我们已经把白话文发展成了现代汉语。与此相应,我们的学术也变成了现代学术、当代学术。但有趣的是,"文革"结束以后,一些文学研究者,尤其是中国古典文学学人转回传统考据式的学术,认为这是真学术,"可以镇浮躁"。与此同时其他领域的学术研究则向充满新观念的现代学术敞开。我本人说不上有什么研究。我读书,与其说是为了做研究,不如说是为了我自己的写作和进行文学、文化批评。我关心学术研究成果。我对作为现代学术的考古学颇感兴趣。福柯的"知识考古"也是我的兴趣点。我觉得孤立地讨论文学问题不够过瘾,所以我向考古、知识考古、社会学、思想史敞开,我希望自己最终靠近的是一种当代批评。另外,《唐诗的读法》潜在地指向当代文化创造,也就是说有些话我是说给诗人们、艺术家们听的。可能古代的诗人们也在偷听。

您是从什么时候意识到,这种脱离了具体历史现场、以永恒的态度来面对古诗文的阅读是有问题的呢?

不记得从什么时候开始的了。我曾长期教"中国古代文学"这门课。我用的教材是林庚的《中国古代文学简史》。我基本上用这本书做讲课的线索,但具体的讲课内容有不少是对这本书的补充或者批判。例如书中说《诗经》风格简洁质朴,可我认为《诗经》虽简洁质朴但不是风格问题，这与当时的书写条件、文字的数量、思维的发展阶段、乐器的原始性有关。另外，现当代写就的文学史多重视《诗经》中的"国风"部分，而对"颂"这部分重视不够——这可能是受了革命现实主义文学趣味的影响。现在很多人在生活方式上都已经很洋派了，但文学趣味依然是革命现实主义加积极浪漫主义的，而这种趣味又被媒体拉过来和娱乐结合在一起，其势力巨大。再举个例子，对《楚辞》的阅读。人人都知道屈原喜欢"香草美人"，那"香草"只有装饰作用或者象征作用吗？魏晋人服五石散，垮掉派吸毒，那"香草"是不是有致幻作用？没见有人研究过。屈原是楚国人（当然屈原和《楚辞》的关系也是一个学术问题），既然楚人好巫鬼，那他们不需要致幻吗？——全是悬置的问题。植物学家、药物学家们，请加入到文学研究的行列里来。

对经典的阅读是个永远有效的话题。不知道您注意到没有，相对于我们熟悉的把经典供起来读的方式，如今还非常流行一种不供着的"接地气儿"的读法，就是用现在时髦的语言和价值观去进入古代诗人的世界，比如说非常受欢迎的"六神磊磊读唐诗"，不知您是否了解，怎么看待这种读法呢？

《唐诗的读法》出版以后，有朋友借给我《六神磊磊读唐诗》。这本书我读得很愉快。王晓磊读过很多书。他注释里提到的文献，有的我没读过。"接地气儿"是一种时代风气，与我们国家意识形态的反作用力、经济发展状况、自媒体发展的状况、大家对于娱乐的需求、对于生活方式的想象等都有密切的关系。我也生活在这个时代，但我年龄比王晓磊大一些，也就是说我有我这代人的经历，以及由此形成的关怀和问题意识。此外我接触过不同国家的诗歌和诗人，我需要与我的文学经验相称的、透着历史感的文学批评硬度和强度。我接唐朝的地气儿。

我们不能以《唐诗三百首》来对至深至广的文学做出判断，就像我们不能拿科普读物来判断科学的深浅

您在书中首先谈到，我们今天对唐诗的封神，是建立在大规模缩小对唐人的阅读的基础上的，也就是说，大部分人对于唐诗的谈论和认识，都只建立在清代人所编的《唐诗三百首》的基础上。这对于我们今天认识和了解唐诗，产生怎样的影响？

某种意义上说《唐诗三百首》是儿童读物，就像《红楼梦》也有少儿版。儿童读物的特点是：道德正确、用语平易且美好。我们不能以《唐诗三百首》来对至深至广的文学做出判断，就像我们不能拿科普读物来判断科学的深浅。这是第一点。第二点，清代社会的生活方式和人们对世界的想象与今天已经有了很大的不同。你现在开汽车听摇滚，在过山车上喝卡布奇诺、行贿受贿又大话连篇、读黄段子过小日子又操心教育问题，然后"白日依山尽，黄河入海流"——这不很逗吗？第三点，在这种情况下，建立或者恢复我们的智力生活就有了相当之必要，当然难度也摆在那里。唐代是一个大朝代，唐诗是大诗。我们不必回到唐朝，但我们得向唐代的文化高度看齐。若以为熟读《唐诗三百首》就向唐朝看齐了，就相当于我们去曲阜旅游了一圈（还参加了当地的祭孔大典），就觉得自己接续上了儒家道统。

您说读《唐诗三百首》只能领悟唐诗那没有阴影的伟大，也许有读者会反驳：继承我国丰富的文化遗产，领悟其伟大不就够了吗，作为一位普通的、非专业研究的读者，为什么了解唐诗伟大之下的阴影那么重要呢？（到今天人们越来越不敢批评唐诗，是不是跟这种没有阴影的阅读有关？）

20世纪英国诗人W.H.奥登说过，你读一位大诗人的诗歌全集，五百页、八百页，或者一千页，也许其中真正堪称经典的只有二十来页。但这不是说他那些不甚重要的作品就没有价值。你只有读过他的非经典作品，你才能了解其重要性的由来。西班牙马德里索菲亚王妃美术馆在常年展出毕加索的《格尔尼卡》的同时，也常年展出毕加索为《格尔尼卡》所做的大量草稿。德国慕尼黑康定斯基美术馆里展出的是康定斯基的一条命，其作品从具象到抽象，能看得人震惊和感动。这就是"阴影"的力量。阴影确定事物的真实。

书中您谈论唐诗，时时落脚点都是今天的诗歌批评和诗歌创作。您认为，诗歌书写牵涉到一整套写作制度，因此认为季羡林、夏志清等人站在古诗的立场上来批评新诗是极片面之语，能详细谈一下吗？

季羡林、夏志清，还有别人，我相信他们了解古诗，但不了解新诗——顶多了解1920年代到1940年代的新诗，可能也了解点20世纪五六十年代的革命诗歌，并对它们评价不高——这个我完全同意。但我相信他们不了解1970年代后期以后的新诗，也就是中国当代诗歌。他们认为新诗是一个失败。这影响了不少人，也给不少瞧不惯新诗的人壮了胆。由于他们不能将新诗写作与现代历史进程、现代汉语的历史进程、现代汉语思维方式的转变以及由此带动的现代审美、现代写作观念的转变，联系在一起，他们得出他们的结论。他们不曾看到，或者说忘记了，古典诗歌写作方式到清朝末年已经走进了死胡同，所以才逼出了五四运动，新诗的出现是"不得不"。当代古体诗写作与古代诗歌写作在语言的上下文、诗歌功能和指向、文化制度、政治制度等方面存在很大的不同。"躲进小楼成一统"地玩点古诗词，这没什么，但以此断言新诗就失败了，太过分了。新诗或现代汉语诗歌的写作历史不长。新诗就是苍蝇你也不能灭了它，除非你想毁掉整个大自然。况且，现代汉语诗歌写作近40年来取得了长足的进步。现代汉语在当代成为了与英语、西班牙语并驾齐驱的最活跃的诗歌语言。如果从地区看，近几十年来，中国、北美、拉美、东欧这四个地区的诗歌写作充满活力。季、夏等对新诗的盲视令我怀疑到他们对古诗同样存有盲区。夏志清常年生活在美国，我认为他对美国当代诗歌也所知有限。我曾与他在纽约哥伦比亚大学有过当面争论。季羡林给五四运动的德先生和赛先生补充了一个爱国主义，他当年在北大外面的风入松书店这样讲的时候我在场，感觉老先生真能信口开河——不是说爱国不对，而是说爱国主义咱们的文化中本来就有，它不是五四的发明。

我们的文化中若没有这样的庞然大物镇着，我们轻浮起来就会略无底线

> 书中您对很多诗人的论述也不同于我们在通俗阅读中得到结论，比如您认为没有安史之乱，杜甫就可能只是一个二流诗人；因为安史之乱，让杜甫具有了当代性，他创造性地以诗歌书写介入了唐宋之变……为什么能以诗歌处理当下的问题会使杜甫变得伟大？

每一个诗人其诗歌写作的语言、形式、观念，要么是从别人那里继承来的，要么是自己摸索鼓捣出来的。诗歌写作是创造性劳动。如果一个诗人怀有写作抱负（有些人虽然写诗，但没有针对写作本身的抱负，只有出人头地的抱负或满足于抒情，说漂亮话），那么他就面临几个致命的问题：你的语言从哪儿来？你的写作观念从

哪儿来？你如何区别于其他诗人，获得可辨识度？而诗人处理当下生活，会逼得他诚实地面对自己。所有学来的东西都是修养。只有处理当下，你才能够从"读者诗人"群里脱出身来。而当你告别了你的"读者诗人"生涯，你就不得不寻找，并且思考你的说话对象。诗人们、作家们、思想家们、甚至宗教大宗师们，在某种意义上是被他们的说话对象所塑造的。战国诸子是被乱世所塑造的，佛教是被婆罗门教所塑造的。杜甫赶上了安史之乱，他也被安史之乱所塑造。唐代其他诗人也赶上了安史之乱，但他们拒绝被安史之乱所塑造，因为他们没能从这乱局中发现创新写作的契机。

因为谈论杜甫在唐代的当代性，您谈到古往今来人们都认为当下是没有诗意的，而面对现今复杂的现实话题，用传统的诗意符号处理不了类似环境污染、股市崩盘等现代问题。那么，今天的诗人们应该用何种语言来面对当下问题呢？这样的诗，诗意何在？

这里触及了一个我在《唐诗的读法》中没有谈到的问题：对现代主义文学的接受。现代主义以及后现代主义文学大大扩展了我们的文学胃口。为了与现实生活发生历史性的对称,我们可能不得不在写作、艺术实践中进行一些实验。实验精神不能在风格意义上讨论。风格意义上的现代派、先锋、前卫都持续不了太长时间。风格意义上的艺术实验有似身体排毒。真正的实验精神得从我们的身体里长出来。真正的实验精神首先表现为对于实验的需要。无论中外,古代那些大经典,哪一个当年不是实验——或者创新的结果?李白不是创新吗(以复古的形式)?杜甫不是创新吗?但丁不是创新吗?莎士比亚不是创新吗?数百年以后,或者上千年以后,他们的作品成了大经典,我们就忘了他们在自己时代的种种逆行。这就是为什么我们应该回到他们的写作现场并从他们的写作现场回望我们自己的写作现场。即使一无所获,这样旅行一趟也不错。

您对韩愈的两句评语令我印象非常深刻,一是"韩愈在今天是一个没有被充分估量的诗人",二是"韩愈要是活在今天,肯定会蔑视我们"。为什么您认为韩愈对今天的我们如此的重要?

韩愈一直很重要,直到桐城派都很重要,但遭到了周作人那一干人的抹杀。也就是说韩愈被弄得无足轻重是近一百年的事。先不说他的历史地位，他的诗歌若摆到我们面前，直接就会对我们的智力构成挑战。面对韩愈，鸡汤读者和鸡汤作者们会感到不适应和不自在：他语词的重量、他的仄韵、他有趣的奇思怪想、他有时被斯文放开的恶趣味、他的危险性、他反对美文学的姿态、他对生活和历史的吞吐能力、他的以文为诗、他行文的没完没了、他诗歌所带出的思想的辽阔与深远，都会令我们晕眩。当大多数唐代诗人安慰我们时他打击我们、掠夺我们。今天的主流文学趣味、媒体文学趣味可能接不住他，他是个庞然大物。但我们的文化中若没有这样的庞然大物镇着，我们轻浮起来就会略无底线。周作人回到晚明小品，而晚明小品的出现当然也有它的历史逻辑和文化思想逻辑（心学和心学末流对理学的反抗）。而今天，在不同于晚明的文化逻辑中，在我们思欲创造我们自己的文学、文化时，在我们经历了对来自西方、俄罗斯浪漫主义、现代主义、后现代主义文学的消化之后，在我们直面时代问题与可能性的时候，我们发现，韩愈分量足够。

阅读您这本书最大的感受，一方面是您尽量带领读者重新回到历史现场为唐诗祛魅，另一方面您也同时由衷赞美唐诗的伟大。您不认为当代写作必须回到唐朝,"因为我们必须处理我们这充满问题的时代,并以我们容纳思想的写作呼应和致敬唐人的创造力"。那么,您认为,唐诗留给我们最有价值的遗产是什么?

我在《唐诗的读法》中已经说过了:唐诗"塑造和发明了"我们的世界、我们的语言和我们感受生活的方式。这很伟大。但唐朝那个时候还没有现代意义上的"世界"这个概念,而一个世界中的中国和这中国中的我们,需要今天的作家、诗人、艺术家、思想者们再次去发现、塑造和发明,仅凭"抒情"(尤其是传统抒情)肯定不够。所以我们既无需回到唐朝,又要以唐朝的文化创造作为坐标之一。

我只讨论问题,有时会发牢骚,但从来不为自己辩护

这是一本容纳了您对于唐诗的思考、批评以及对当下文化环境很多问题的思考和批评的诗论,它的写作源自何处?换句话说您为什么要写这本书?

这本书其实是一篇长文。起因有点偶然，是因为在过去的数年里我多次被人拉去谈古诗。网络上能找到我的一些零星发言。在一些讨论新诗的场合，我也常遇到以《唐诗三百首》为楷模的对新诗的不屑。我的反应经常是，那好，那我们就谈古诗——古诗也不是你想象的那么简单。我也在网络上看到过一些人对古诗的热情洋溢的却又是陈词滥调的、煞有介事的却又是高雅小资的赞美，感觉好蠢！古人要是能来到咱们的文化现场，得气得跳脚。一些学者们对于删除了经史子集、删除了"诚意正心格物致知修身齐家治国平天下"的时代性萌蠢推波助澜，也让人讨厌，因为这萌蠢拒绝真正的见心见性的文化创造。我们一边高喊文化创造，一边对历史上真正的文化创造视而不见。我并不是要今人恪守修齐治平那老一套，但既然要讨论古文化，把这根都挖了那还谈什么！就别谈了，就省点事儿吧，就八大强国伺候我一人地玩吧，还非得让古人伺候你玩儿！——这真是时代奇观！

> 书中您有很多鲜明而尖锐的观点，必然会在不同层面引起争议。例如您再次提出了唐代为其诗歌成就付出了没有大思想家的代价的观点，并在书中正面回应

了张定浩对此观点的批评。近期媒体上一篇名为《西川：偏离诗歌的力量》的文章中，也再次以"唐代即便仅仅出了一个惠能便胜过太多思想家"来反对您的观点，这是您期待中的争论和对话吗？

你说的这篇文章发在由张定浩做主编或副主编的《上海文化》杂志上，朋友刚传给我，刚看到。我对于别人的批评已经习以为常了。但为张定浩和文章作者木叶着想，我认为这篇文章要是发在另一本杂志上，会显得更客观些。中国现在的杂志毕竟都是公家的，不同于民国时期几个文学青年就能自己弄本杂志。公家的，就是公器，就得避嫌——既然我和张定浩之间本来有些争论。当然，这也不是什么大问题。别人对我文章中硬伤的批评我都接受，我的那本被张定浩批评的《大河拐大弯》以后若有机会重新出版我会改正其中的硬伤，例如错别字。谢谢。至于《偏离诗歌的力量》这篇文章中说"惠能胜过太多思想家"，这显然是在跟我抬杠。我在《唐诗的读法》中也用较大篇幅讨论了惠能，对他多有赞叹。但若说惠能是"思想家"，那我们就得先给出"思想家"这个词的定义和它的边界。对我来说，信仰和思想是两个互有交叠的领域。信仰涉及灵魂、生死，解脱或解救；

宗教大宗师们给出超时空的启示，并由此派生出他们的道德训诫；他们的启示和训诫被称作大智慧。而大智慧不包括属于人间的推理判断。这也就是说，信仰本身是至高的、不容讨论的。所以我愿意称惠能为"思悟者"，而不是思想者或思想家。如果把惠能定位为"思想家"，那是冒犯惠能，就如同把《圣经·新约》四福音书的作者定位为"思想家"，那是冒犯福音书的作者们。"思想家"是世俗概念，属于人文、社会科学范畴。在印度，佛教中观宗的龙树被算作"思想家"，那是由于他有思想家推理判断的一面（因明学的影响）；西方基督教的托马斯·阿奎那也被作为思想家讨论，那是由于他有严密的推理判断，也就是说他的思想包纳了思想过程。而惠能所有的开示都是终结性的。我这样说没有任何贬低惠能的意思，他不属于世俗性的"思想"这个领域，尽管他后来对思想者们产生了重要的影响，这就好比穆罕默德不是思想家，而所有的伊斯兰思想家都与穆罕默德有关。说到这里我忽然想起一件事：数年前我曾邀请美国的中国古典诗歌翻译家、禅宗修行者比尔·波特(Bill Porter, 翻译笔名Red Pine)去中央美术学院演讲。现场有听众提问，让比尔概括一下禅宗的核心思想。比尔的回答是："禅宗没有思想！"（我知道有人会立刻反驳：不是有"禅宗哲学"一说吗）比尔的话语机锋令我吃惊。那天被我请到现场去的还有我两位佛教界的朋友，其中一位曾在五台山做过多年的苦行僧，后因一个非常具体的原因不得不还俗。我问他对比尔的印象，他说比尔"有所悟"。

  同样在这篇文章中，作者说看您近期的文章和访谈，包括对唐诗的看法，很多说法都对，但称不上卓绝的洞见，大多是常识性的。并认为您"有时流露出不为旁人所理解的心态，有时示人以一种自诩超前的姿态，有时对问题的论述似是而非，令人怀念当年写海子、骆一禾纪念文章时的真挚深切而又自我怀疑——说出自己的不确定，自己的未知，自己的困惑，自己的探求——那也是自己的发现。"您如何看待这样的评价呢？

您刚才说我的观点"在不同层面引起争议"，前面还说我"得罪了多数好读古诗文、能背诵和使用古诗词的读者"——如果我给出的全是"常识性的"见解，怎么会有这样的"得罪"？逻辑上讲不通。我在其他访谈里已经多次说过，我不是唐诗研究的专家。作为一个诗歌写作的实践者，我只是把一些远距离材料拉在一起，得出了我的看法。对学术研究而言，发现新的文献材料当然重要，但能够在大家习以为常之处发现问题、提出问题、指出问题其实是需要超越性的思想能力的。你能不用陈词滥调把李白和杜甫的伟大比较出来，你就证明了你智力的存在——这是我对我学生们的基本要求。况且，在这本小书里，我对文学生产现场的强调，对杜甫当代性的强调，把杜甫和唐宋之变联系起来，把杜甫和孟子的做大联系起来，把韩愈重新拉回唐代一流诗人的行列，以及对李商隐诗歌的分析等，都不是今天常见的文学史写法和批评话语。对全世界的文学界、艺术界、思想界来说，"当代性"（区别于"现代性"）的说法都是一个崭新的，还没有形成共识的话题。如果这都是"常识性"的看法，那我就不会写这本《唐诗的读法》了。也许对木叶来说这都是"常识"，那么在此我就只能说抱歉了——我抢在他前面把这些"常识"写了出来。至于说我"自诩"如何如何，我没法回应。不过，你从所有这类对我的批评中其实都能看出批评者的自我评价。我深入诗歌江湖已经很多年了。我充分理解别人对我提出批评的动机。我只讨论问题，有时会发牢骚，但从来不为自己辩护。另外，也有国内和国外的批评家、汉学家、作家、诗人对我有完全不同的看法和评论，我可以把它们编成一本书，不过现在不会——总体说来我还不是一个过分自恋的人，我的自我没有那么大。

2018.3.28

附录五

本书所涉部分唐代诗篇

张若虚	春江花月夜
	代答闺梦还
王 维	桃源行
李 白	古风五十九首（其一）
	答王十二寒夜独酌有怀
	蜀道难
	梦游天姥吟留别
	江上吟
	侠客行
杜 甫	饮中八仙歌
	自京赴奉先县咏怀五百字
	秋兴八首
	壮游
	瘦马行
	缚鸡行

白居易	早春西湖闲游，怅然兴怀，忆与微之同赏，因思在越官重事殷，镜湖之游或恐未暇，偶成十八韵寄微之
	长恨歌
韩　愈	孟生诗
	荐士
	调张籍
李　贺	南园十三首（之六）
李商隐	韩碑
	暮秋独游曲江
	蝇蝶鸡麝鸾凤等成篇
	无题（选六）
杜　牧	冬至日寄小侄阿宜诗

张若虚

春江花月夜

春江潮水连海平，海上明月共潮生。
滟滟随波千万里，何处春江无月明！
江流宛转绕芳甸，月照花林皆似霰；
空里流霜不觉飞，汀上白沙看不见。
江天一色无纤尘，皎皎空中孤月轮。
江畔何人初见月？江月何年初照人？
人生代代无穷已，江月年年只相似。
不知江月待何人，但见长江送流水。
白云一片去悠悠，青枫浦上不胜愁。
谁家今夜扁舟子？何处相思明月楼？
可怜楼上月徘徊，应照离人妆镜台。
玉户帘中卷不去，捣衣砧上拂还来。
此时相望不相闻，愿逐月华流照君。
鸿雁长飞光不度，鱼龙潜跃水成文。
昨夜闲潭梦落花，可怜春半不还家。
江水流春去欲尽，江潭落月复西斜。
斜月沉沉藏海雾，碣石潇湘无限路。

不知乘月几人归,落月摇情满江树。

代答闺梦还

关塞年华早,楼台别望违。
试衫著暖气,开镜觅春晖。
燕入窥罗幕,蜂来上画衣。
情催桃李艳,心寄管弦飞。
妆洗朝相待,风花暝不归。
梦魂何处入,寂寂掩重扉。

王维

桃源行

渔舟逐水爱山春,两岸桃花夹古津。
坐看红树不知远,行尽青溪不见人。
山口潜行始隈隩,山开旷望旋平陆。
遥看一处攒云树,近入千家散花竹。
樵客初传汉姓名,居人未改秦衣服。
居人共住武陵源,还从物外起田园。
月明松下房栊静,日出云中鸡犬喧。
惊闻俗客争来集,竞引还家问都邑。
平明闾巷扫花开,薄暮渔樵乘水入。
初因避地去人间,及至成仙遂不还。
峡里谁知有人事,世中遥望空云山。
不疑灵境难闻见,尘心未尽思乡县。
出洞无论隔山水,辞家终拟长游衍。
自谓经过旧不迷,安知峰壑今来变。
当时只记入山深,青溪几度到云林。
春来遍是桃花水,不辨仙源何处寻。

李白

古风五十九首(其一)

大雅久不作,吾衰竟谁陈?
王风委蔓草,战国多荆榛。
龙虎相啖食,兵戈逮狂秦。
正声何微茫,哀怨起骚人。
扬马激颓波,开流荡无垠。
废兴虽万变,宪章亦已沦。
自从建安来,绮丽不足珍。
圣代复元古,垂衣贵清真。
群才属休明,乘运共跃鳞。
文质相炳焕,众星罗秋旻。
我志在删述,垂辉映千春。
希圣如有立,绝笔于获麟。

答王十二寒夜独酌有怀

昨夜吴中雪,子猷佳兴发。

万里浮云卷碧山，青天中道流孤月。

孤月沧浪河汉清，北斗错落长庚明。

怀余对酒夜霜白，玉床金井冰峥嵘。

人生飘忽百年内，且须酣畅万古情。

君不能狸膏金距学斗鸡，坐令鼻息吹虹霓。

君不能学哥舒横行青海夜带刀，西屠石堡取紫袍。

吟诗作赋北窗里，万言不直一杯水。

世人闻此皆掉头，有如东风射马耳。

鱼目亦笑我，谓与明月同。

骅骝拳跼不能食，蹇驴得志鸣春风。

折杨皇华合流俗，晋君听琴枉清角。

巴人谁肯和阳春，楚地犹来贱奇璞。

黄金散尽交不成，白首为儒身被轻。

一谈一笑失颜色，苍蝇贝锦喧谤声。

曾参岂是杀人者？谗言三及慈母惊。

与君论心握君手，荣辱于余亦何有？

孔圣犹闻伤凤麟，董龙更是何鸡狗！

一生傲岸苦不谐，恩疏媒劳志多乖。

严陵高揖汉天子，何必长剑拄颐事玉阶。

达亦不足贵，穷亦不足悲。

韩信羞将绛灌比，祢衡耻逐屠沽儿。

附录五 本书所涉部分唐代诗篇 277

君不见李北海,英风豪气今何在!

君不见裴尚书,土坟三尺蒿棘居!

少年早欲五湖去,见此弥将钟鼎疏。

蜀道难

噫吁嚱,危乎高哉!

蜀道之难,难于上青天。

蚕丛及鱼凫,开国何茫然。

尔来四万八千岁,不与秦塞通人烟。

西当太白有鸟道,可以横绝峨嵋巅。

地崩山摧壮士死,然后天梯石栈相钩连。

上有六龙回日之高标,下有冲波逆折之回川。

黄鹤之飞尚不得过,猿猱欲度愁攀缘。

青泥何盘盘,百步九折萦岩峦。

扪参历井仰胁息,以手抚膺坐长叹。

问君西游何时还,畏途巉岩不可攀。

但见悲鸟号古木,雄飞雌从绕林间。

又闻子规啼夜月,愁空山。

蜀道之难,难于上青天,使人听此凋朱颜。

连峰去天不盈尺，枯松倒挂倚绝壁。

飞湍瀑流争喧豗，砯崖转石万壑雷。

其险也若此，

嗟尔远道之人胡为乎来哉。

剑阁峥嵘而崔嵬，

一夫当关，万夫莫开。

所守或匪亲，化为狼与豺。

朝避猛虎，夕避长蛇。

磨牙吮血，杀人如麻。

锦城虽云乐，不如早还家。

蜀道之难，难于上青天，侧身西望长咨嗟。

梦游天姥吟留别

海客谈瀛洲，烟涛微茫信难求。

越人语天姥，云霓明灭或可睹。

天姥连天向天横，势拔五岳掩赤城。

天台四万八千丈，对此欲倒东南倾。

我欲因之梦吴越，一夜飞度镜湖月。

湖月照我影，送我至剡溪。

谢公宿处今尚在，绿水荡漾清猿啼。

脚著谢公屐，身登青云梯。

半壁见海日，空中闻天鸡。

千岩万转路不定，迷花倚石忽已暝。

熊咆龙吟殷岩泉，栗深林兮惊层巅。

云青青兮欲雨，水澹澹兮生烟。

列缺霹雳，丘峦崩摧。

洞天石扉，訇然中开。

青冥浩荡不见底，日月照耀金银台。

霓为衣兮风为马，云之君兮纷纷而来下。

虎鼓瑟兮鸾回车，仙之人兮列如麻。

忽魂悸以魄动，恍惊起而长嗟。

惟觉时之枕席，失向来之烟霞。

世间行乐亦如此，古来万事东流水。

别君去兮何时还？且放白鹿青崖间。须行即骑访名山。

安能摧眉折腰事权贵，使我不得开心颜！

江上吟

木兰之枻沙棠舟，玉箫金管坐两头。
美酒樽中置千斛，载妓随波任去留。
仙人有待乘黄鹤，海客无心随白鸥。
屈平辞赋悬日月，楚王台榭空山丘。
兴酣落笔摇五岳，诗成笑傲凌沧洲。
功名富贵若长在，汉水亦应西北流。

侠客行

赵客缦胡缨，吴钩霜雪明。
银鞍照白马，飒沓如流星。
十步杀一人，千里不留行。
事了拂衣去，深藏身与名。
闲过信陵饮，脱剑膝前横。
将炙啖朱亥，持觞劝侯嬴。
三杯吐然诺，五岳倒为轻。
眼花耳热后，意气素霓生。
救赵挥金槌，邯郸先震惊。

千秋二壮士,烜赫大梁城。
纵死侠骨香,不惭世上英。
谁能书阁下,白首太玄经。

杜甫

饮中八仙歌

知章骑马似乘船，眼花落井水底眠。
汝阳三斗始朝天，道逢麹车口流涎，恨不移封向酒泉。
左相日兴费万钱，饮如长鲸吸百川，衔杯乐圣称避贤。
宗之潇洒美少年，举觞白眼望青天，皎如玉树临风前。
苏晋长斋绣佛前，醉中往往爱逃禅。
李白斗酒诗百篇，长安市上酒家眠。
天子呼来不上船，自称臣是酒中仙。
张旭三杯草圣传，脱帽露顶王公前，挥毫落纸如云烟。
焦遂五斗方卓然，高谈雄辩惊四筵。

自京赴奉先县咏怀五百字

杜陵有布衣，老大意转拙。
许身一何愚？窃比稷与契。
居然成濩落，白首甘契阔。
盖棺事则已，此志常觊豁。

穷年忧黎元，叹息肠内热。
取笑同学翁，浩歌弥激烈。
非无江海志，萧洒送日月。
生逢尧舜君，不忍便永诀。
当今廊庙具，构厦岂云缺？
葵藿倾太阳，物性固莫夺。
顾惟蝼蚁辈，但自求其穴。
胡为慕大鲸，辄拟偃溟渤？
以兹悟生理，独耻事干谒。
兀兀遂至今，忍为尘埃没。
终愧巢与由，未能易其节。
沉饮聊自遣，放歌颇愁绝。
岁暮百草零，疾风高冈裂。
天衢阴峥嵘，客子中夜发。
霜严衣带断，指直不得结。
凌晨过骊山，御榻在嵽嵲。
蚩尤塞寒空，蹴蹋崖谷滑。
瑶池气郁律，羽林相摩戛。
君臣留欢娱，乐动殷胶葛。
赐浴皆长缨，与宴非短褐。
彤庭所分帛，本自寒女出。

鞭挞其夫家，聚敛贡城阙。

圣人筐篚恩，实欲邦国活。

臣如忽至理，君岂弃此物？

多士盈朝廷，仁者宜战栗。

况闻内金盘，尽在卫霍室。

中堂有神仙，烟雾蒙玉质。

暖客貂鼠裘，悲管逐清瑟。

劝客驼蹄羹，霜橙压香橘。

朱门酒肉臭，路有冻死骨。

荣枯咫尺异，惆怅难再述。

北辕就泾渭，官渡又改辙。

群冰从西下，极目高崒兀。

疑是崆峒来，恐触天柱折。

河梁幸未坼，枝撑声窸窣。

行旅相攀援，川广不可越。

老妻寄异县，十口隔风雪。

谁能久不顾？庶往共饥渴。

入门闻号咷，幼子饥已卒。

吾宁舍一哀，里巷亦呜咽。

所愧为人父，无食致夭折。

岂知秋禾登，贫窭有仓卒。

生常免租税，名不隶征伐。
抚迹犹酸辛，平人固骚屑。
默思失业徒，因念远戍卒。
忧端齐终南，澒洞不可掇。

秋兴八首

玉露凋伤枫树林，巫山巫峡气萧森。
江间波浪兼天涌，塞上风云接地阴。
丛菊两开他日泪，孤舟一系故园心。
寒衣处处催刀尺，白帝城高急暮砧。

夔府孤城落日斜，每依北斗望京华。
听猿实下三声泪，奉使虚随八月槎。
画省香炉违伏枕，山楼粉堞隐悲笳。
请看石上藤萝月，已映洲前芦荻花。

千家山郭静朝晖，日日江楼坐翠微。
信宿渔人还泛泛，清秋燕子故飞飞。
匡衡抗疏功名薄，刘向传经心事违。

同学少年多不贱，五陵衣马自轻肥。

闻道长安似弈棋，百年世事不胜悲。
王侯第宅皆新主，文武衣冠异昔时。
直北关山金鼓振，征西车马羽书驰。
鱼龙寂寞秋江冷，故国平居有所思。

蓬莱宫阙对南山，承露金茎霄汉间。
西望瑶池降王母，东来紫气满函关。
云移雉尾开宫扇，日绕龙鳞识圣颜。
一卧沧江惊岁晚，几回青琐点朝班。

瞿塘峡口曲江头，万里风烟接素秋。
花萼夹城通御气，芙蓉小苑入边愁。
珠帘绣柱围黄鹄，锦缆牙樯起白鸥。
回首可怜歌舞地，秦中自古帝王州。

昆明池水汉时功，武帝旌旗在眼中。
织女机丝虚夜月，石鲸鳞甲动秋风。
波漂菰米沉云黑，露冷莲房坠粉红。
关塞极天惟鸟道，江湖满地一渔翁。

昆吾御宿自逶迤，紫阁峰阴入渼陂。
香稻啄余鹦鹉粒，碧梧栖老凤凰枝。
佳人拾翠春相问，仙侣同舟晚更移。
彩笔昔曾干气象，白头吟望苦低垂。

壮游

往昔十四五。出游翰墨场。
斯文崔魏徒，以我似班扬。
七龄思即壮，开口咏凤凰。
九龄书大字，有作成一囊。
性豪业嗜酒，嫉恶怀刚肠。
脱略小时辈，结交皆老苍。
饮酣视八极，俗物多茫茫。
东下姑苏台，已具浮海航。
到今有遗恨，不得穷扶桑。
王谢风流远，阖庐丘墓荒。
剑池石壁仄，长洲芰荷香。
嵯峨阊门北，清庙映回塘。

每趋吴太伯，抚事泪浪浪。

蒸鱼闻匕首，除道哂要章。

枕戈忆勾践，渡浙想秦皇。

越女天下白，鉴湖五月凉。

剡溪蕴秀异，欲罢不能忘。

归帆拂天姥，中岁贡旧乡。

气劘屈贾垒，目短曹刘墙。

忤下考功第，独辞京尹堂。

放荡齐赵间，裘马颇清狂。

春歌丛台上，冬猎青丘旁。

呼鹰皂枥林，逐兽云雪冈。

射飞曾纵鞚，引臂落鹙鸧。

苏侯据鞍喜，忽如携葛强。

快意八九年，西归到咸阳。

许与必词伯，赏游实贤王。

曳裾置醴地，奏赋入明光。

天子废食召，群公会轩裳。

脱身无所爱，痛饮信行藏。

黑貂宁免敝，斑鬓兀称觞。

杜曲换耆旧，四郊多白杨。

坐深乡党敬，日觉死生忙。

朱门任倾夺,赤族迭罹殃。
国马竭粟豆,官鸡输稻粱。
举隅见烦费,引古惜兴亡。
河朔风尘起,岷山行幸长。
两宫各警跸,万里遥相望。
崆峒杀气黑,少海旌旗黄。
禹功亦命子,涿鹿亲戎行。
翠华拥吴岳,螭虎啖豺狼。
爪牙一不中,胡兵更陆梁。
大军载草草,凋瘵满膏盲。
备员窃补衮,忧愤心飞扬。
上感九庙焚,下悯万民疮。
斯时伏青蒲,廷诤守御床。
君辱敢爱死,赫怒幸无伤。
圣哲体仁恕,宇县复小康。
哭庙灰烬中,鼻酸朝未央。
小臣议论绝,老病客殊方。
郁郁苦不展,羽翮困低昂。
秋风动哀壑,碧蕙捐微芳。
之推避赏从,渔父濯沧浪。
荣华敌勋业,岁暮有严霜。

吾观鸱夷子，才格出寻常。
群凶逆未定，侧伫英俊翔。

瘦马行

东郊瘦马使我伤，骨骼硉兀如堵墙。
绊之欲动转欹侧，此岂有意仍腾骧。
细看六印带官字，众道三军遗路旁。
皮干剥落杂泥滓，毛暗萧条连雪霜。
去岁奔波逐馀寇，骅骝不惯不得将。
士卒多骑内厩马，惆怅恐是病乘黄。
当时历块误一蹶，委弃非汝能周防。
见人惨澹若哀诉，失主错莫无晶光。
天寒远放雁为伴，日暮不收乌啄疮。
谁家且养愿终惠，更试明年春草长。

缚鸡行

小奴缚鸡向市卖，鸡被缚急相喧争。

家中厌鸡食虫蚁，不知鸡卖还遭烹。
虫鸡于人何厚薄，我斥奴人解其缚。
鸡虫得失无了时，注目寒江倚山阁。

白居易

早春西湖闲游,怅然兴怀,忆与微之同赏,因思在越官重事殷,镜湖之游或恐未暇,偶成十八韵寄微之

上马复呼宾,湖边景气新。
管弦三数事,骑从十余人。
立换登山屐,行携漉酒巾。
逢花看当妓,遇草坐为茵。
西日笼黄柳,东风荡白蘋。
小桥装雁齿,轻浪瞥鱼鳞。
画舫牵徐转,银船酌慢巡。
野情遗世累,醉态任天真。
彼此年将老,平生分最亲。
高天从所愿,远地得为邻。
云树分三驿,烟波限一津。
翻嗟寸步隔,却厌尺书频。
浙右称雄镇,山阴委重臣。
贵垂长紫绶,荣驾大朱轮。
出动刀枪队,归生道路尘。
雁惊弓易散,鸥怕鼓难驯。

百吏瞻相面,千夫捧拥身。

自然闲兴少,应负镜湖春。

长恨歌

汉皇重色思倾国,御宇多年求不得。
杨家有女初长成,养在深闺人未识。
天生丽质难自弃,一朝选在君王侧。
回眸一笑百媚生,六宫粉黛无颜色。
春寒赐浴华清池,温泉水滑洗凝脂。
侍儿扶起娇无力,始是新承恩泽时。
云鬓花颜金步摇,芙蓉帐暖度春宵。
春宵苦短日高起,从此君王不早朝。
承欢侍宴无闲暇,春从春游夜专夜。
后宫佳丽三千人,三千宠爱在一身。
金屋妆成娇侍夜,玉楼宴罢醉和春。
姊妹弟兄皆列土,可怜光彩生门户。
遂令天下父母心,不重生男重生女。
骊宫高处入青云,仙乐风飘处处闻。
缓歌慢舞凝丝竹,尽日君王看不足。

渔阳鼙鼓动地来，惊破霓裳羽衣曲。

九重城阙烟尘生，千乘万骑西南行。

翠华摇摇行复止，西出都门百余里。

六军不发无奈何，宛转蛾眉马前死。

花钿委地无人收，翠翘金雀玉搔头。

君王掩面救不得，回看血泪相和流。

黄埃散漫风萧索，云栈萦纡登剑阁。

峨嵋山下少人行，旌旗无光日色薄。

蜀江水碧蜀山青，圣主朝朝暮暮情。

行宫见月伤心色，夜雨闻铃肠断声。

天旋地转回龙驭，到此踌躇不能去。

马嵬坡下泥土中，不见玉颜空死处。

君臣相顾尽沾衣，东望都门信马归。

归来池苑皆依旧，太液芙蓉未央柳。

芙蓉如面柳如眉，对此如何不泪垂。

春风桃李花开日，秋雨梧桐叶落时。

西宫南内多秋草，落叶满阶红不扫。

梨园弟子白发新，椒房阿监青娥老。

夕殿萤飞思悄然，孤灯挑尽未成眠。

迟迟钟鼓初长夜，耿耿星河欲曙天。

鸳鸯瓦冷霜华重，翡翠衾寒谁与共。

悠悠生死别经年，魂魄不曾来入梦。
临邛道士鸿都客，能以精诚致魂魄。
为感君王辗转思，遂教方士殷勤觅。
排空驭气奔如电，升天入地求之遍。
上穷碧落下黄泉，两处茫茫皆不见。
忽闻海上有仙山，山在虚无缥渺间。
楼阁玲珑五云起，其中绰约多仙子。
中有一人字太真，雪肤花貌参差是。
金阙西厢叩玉扃，转教小玉报双成。
闻道汉家天子使，九华帐里梦魂惊。
揽衣推枕起徘徊，珠箔银屏迤逦开。
云鬓半偏新睡觉，花冠不整下堂来。
风吹仙袂飘飘举，犹似霓裳羽衣舞。
玉容寂寞泪阑干，梨花一枝春带雨。
含情凝睇谢君王，一别音容两渺茫。
昭阳殿里恩爱绝，蓬莱宫中日月长。
回头下望人寰处，不见长安见尘雾。
惟将旧物表深情，钿合金钗寄将去。
钗留一股合一扇，钗擘黄金合分钿。
但教心似金钿坚，天上人间会相见。
临别殷勤重寄词，词中有誓两心知。

七月七日长生殿，夜半无人私语时。
在天愿作比翼鸟，在地愿为连理枝。
天长地久有时尽，此恨绵绵无绝期。

韩愈

孟生诗

孟生江海士,古貌又古心。
尝读古人书,谓言古犹今。
作诗三百首,窅默咸池音。
骑驴到京国,欲和熏风琴。
岂识天子居,九重郁沉沉。
一门百夫守,无籍不可寻。
晶光荡相射,旗戟翩以森。
迁延乍却走,惊怪靡自任。
举头看白日,泣涕下沾襟。
揭来游公卿,莫肯低华簪。
谅非轩冕族,应对多差参。
萍蓬风波急,桑榆日月侵。
奈何从进士,此路转岖嵚。
异质忌处群,孤芳难寄林。
谁怜松桂性,竞爱桃李阴。
朝悲辞树叶,夕感归巢禽。
顾我多慷慨,穷檐时见临。

清宵静相对，发白聆苦吟。
采兰起幽念，眇然望东南。
秦吴修且阻，两地无数金。
我论徐方牧，好古天下钦。
竹实凤所食，德馨神所歆。
求观众丘小，必上泰山岑。
求观众流细，必泛沧溟深。
子其听我言，可以当所箴。
既获则思返，无为久滞淫。
卞和试三献，期子在秋砧。

荐士

周诗三百篇，雅丽理训诰。
曾经圣人手，议论安敢到。
五言出汉时，苏李首更号。
东都渐弥漫，派别百川导。
建安能者七，卓荦变风操。
逶迤抵晋宋，气象日凋耗。
中间数鲍谢，比近最清奥。

齐梁及陈隋，众作等蝉噪。
搜春摘花卉，沿袭伤剽盗。
国朝盛文章，子昂始高蹈。
勃兴得李杜，万类困陵暴。
后来相继生，亦各臻阃奥。
有穷者孟郊，受材实雄骜。
冥观洞古今，象外逐幽好。
横空盘硬语，妥帖力排奡。
敷柔肆纡余，奋猛卷海潦。
荣华肖天秀，捷疾逾响报。
行身践规矩，甘辱耻媚灶。
孟轲分邪正，眸子看瞭眊。
杳然粹而清，可以镇浮躁。
酸寒溧阳尉，五十几何耄。
孜孜营甘旨，辛苦久所冒。
俗流知者谁，指注竞嘲慠。
圣皇索遗逸，髦士日登造。
庙堂有贤相，爱遇均覆焘。
况承归与张，二公迭嗟悼。
青冥送吹嘘，强箭射鲁缟。
胡为久无成，使以归期告。

霜风破佳菊，嘉节迫吹帽。

念将决焉去，感物增恋嫪。

彼微水中荇，尚烦左右芼。

鲁侯国至小，庙鼎犹纳郜。

幸当择珉玉，宁有弃珪瑁。

悠悠我之思，扰扰风中纛。

上言愧无路，日夜惟心祷。

鹤翎不天生，变化在啄菢。

通波非难图，尺地易可漕。

善善不汲汲，后时徒悔懊。

救死具八珍，不如一箪犒。

微诗公勿诮，恺悌神所劳。

调张籍

李杜文章在，光焰万丈长。

不知群儿愚，那用故谤伤。

蚍蜉撼大树，可笑不自量。

伊我生其后，举颈遥相望。

夜梦多见之，昼思反微茫。

徒观斧凿痕，不瞩治水航。
想当施手时，巨刃磨天扬。
垠崖划崩豁，乾坤摆雷硠。
惟此两夫子，家居率荒凉。
帝欲长吟哦，故遣起且僵。
剪翎送笼中，使看百鸟翔。
平生千万篇，金薤垂琳琅。
仙官敕六丁，雷电下取将。
流落人间者，太山一毫芒。
我愿生两翅，捕逐出八荒。
精诚忽交通，百怪入我肠。
刺手拔鲸牙，举瓢酌天浆。
腾身跨汗漫，不著织女襄。
顾语地上友，经营无太忙。
乞君飞霞佩，与我高颉颃。

李贺

南园十三首(之六)

寻章摘句老雕虫,晓月当帘挂玉弓。
不见年年辽海上,文章何处哭秋风。

李商隐

韩碑

元和天子神武姿，彼何人哉轩与羲。
誓将上雪列圣耻，坐法宫中朝四夷。
淮西有贼五十载，封狼生貙貙生罴。
不据山河据平地，长戈利矛日可麾。
帝得圣相相曰度，贼斫不死神扶持。
腰悬相印作都统，阴风惨澹天王旗。
愬武古通作牙爪，仪曹外郎载笔随。
行军司马智且勇，十四万众犹虎貔。
入蔡缚贼献太庙，功无与让恩不訾。
帝曰汝度功第一，汝从事愈宜为辞。
愈拜稽首蹈且舞，金石刻画臣能为。
古者世称大手笔，此事不系于职司。
当仁自古有不让，言讫屡颔天子颐。
公退斋戒坐小阁，濡染大笔何淋漓。
点窜尧典舜典字，涂改清庙生民诗。
文成破体书在纸，清晨再拜铺丹墀。
表曰臣愈昧死上，咏神圣功书之碑。

碑高三丈字如斗，负以灵鳌蟠以螭。
句奇语重喻者少，谗之天子言其私。
长绳百尺拽碑倒，粗砂大石相磨治。
公之斯文若元气，先时已入人肝脾。
汤盘孔鼎有述作，今无其器存其辞。
呜呼圣皇及圣相，相与烜赫流淳熙。
公之斯文不示后，曷与三五相攀追？
愿书万本诵万过，口角流沫右手胝。
传之七十有二代，以为封禅玉检明堂基。

暮秋独游曲江

荷叶生时春恨生，荷叶枯时秋恨成。
深知身在情长在，怅望江头江水声。

蝇蝶鸡麝鸾凤等成篇

韩蝶翻罗幕，曹蝇拂绮窗。
斗鸡回玉勒，融麝暖金釭。

玳瑁明书阁,琉璃冰酒缸。

画楼多有主,鸾凤各双双。

无题(选六)

(一)

相见时难别亦难,东风无力百花残。

春蚕到死丝方尽,蜡炬成灰泪始干。

晓镜但愁云鬓改,夜吟应觉月光寒。

蓬山此去无多路,青鸟殷勤为探看。

(二)

来是空言去绝踪,月斜楼上五更钟。

梦为远别啼难唤,书被催成墨未浓。

蜡照半笼金翡翠,麝薰微度绣芙蓉。

刘郎已恨蓬山远,更隔蓬山一万重!

(三)

昨夜星辰昨夜风,画楼西畔桂堂东。

身无彩凤双飞翼,心有灵犀一点通。

隔座送钩春酒暖，分曹射覆蜡灯红。
嗟余听鼓应官去，走马兰台类转蓬。

（四）
飒飒东风细雨来，芙蓉塘外有轻雷。
金蟾啮锁烧香入，玉虎牵丝汲井回。
贾氏窥帘韩掾少，宓妃留枕魏王才。
春心莫共花争发，一寸相思一寸灰！

（五）
重帷深下莫愁堂，卧后清宵细细长。
神女生涯原是梦，小姑居处本无郎。
风波不信菱枝弱，月露谁教桂叶香。
直道相思了无益，未妨惆怅是清狂。

（六）
凤尾香罗薄几重，碧文圆顶夜深缝。
扇裁月魄羞难掩，车走雷声语未通。
曾是寂寥金烬暗，断无消息石榴红。
斑骓只系垂杨岸，何处西南任好风。

杜牧

冬至日寄小侄阿宜诗

小侄名阿宜，未得三尺长。
头圆筋骨紧，两眼明且光。
去年学官人，竹马绕四廊。
指挥群儿辈，意气何坚刚。
今年始读书，下口三五行。
随兄旦夕去，敛手整衣裳。
去岁冬至日，拜我立我旁。
祝尔愿尔贵，仍且寿命长。
今年我江外，今日生一阳。
忆尔不可见，祝尔倾一觞。
阳德比君子，初生甚微茫。
排阴出九地，万物随开张。
一似小儿学，日就复月将。
勤勤不自已，二十能文章。
仕宦至公相，致君作尧汤。
我家公相家，剑佩尝丁当。
旧第开朱门，长安城中央。

第中无一物，万卷书满堂。

家集二百编，上下驰皇王。

多是抚州写，今来五纪强。

尚可与尔读，助尔为贤良。

经书括根本，史书阅兴亡。

高摘屈宋艳，浓薰班马香。

李杜泛浩浩，韩柳摩苍苍。

近者四君子，与古争强梁。

愿尔一祝后，读书日日忙。

一日读十纸，一月读一箱。

朝廷用文治，大开官职场。

愿尔出门去，取官如驱羊。

吾兄苦好古，学问不可量。

昼居府中治，夜归书满床。

后贵有金玉，必不为汝藏。

崔昭生崔芸，李兼生窟郎。

堆钱一百屋，破散何披猖。

今虽未即死，饿冻几欲僵。

参军与县尉，尘土惊劻勷。

一语不中治，笞箠身满疮。

官罢得丝发，好买百树桑。

税钱未输足,得米不敢尝。

愿尔闻我语,欢喜入心肠。

大明帝宫阙,杜曲我池塘。

我若自潦倒,看汝争翱翔。

总语诸小道,此诗不可忘。